JN093072

言葉の花束

明日を輝いて生きる

村上 則夫

Murakami Norio

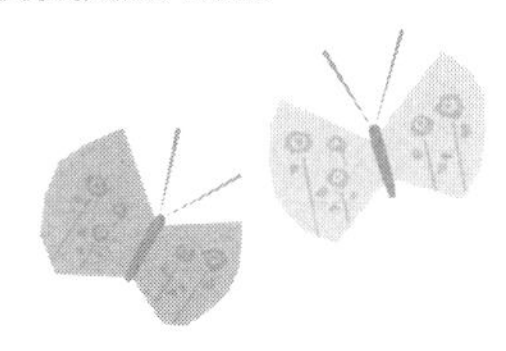

風詠社

はじめに

私たちの人生は、《四季》にたとえられます。

可憐（かれん）に咲く小さなスミレの花は春を教えてくれますが、〈春〉の季節は、いのちがいっせいに芽吹き、ぐんぐん成長する季節です。家族に見守られ続けた乳幼児期から、やがてまっすぐに自分の足で歩く青年期へ踏み入ります。

そして、自分の可能性を伸ばし、人生の中でもっとも長く、手ごたえ豊かな充実感のある〈夏〉の季節を経験します。強い生命力をいかんなく発揮できる季節なのです。

やがて、いつの間にか日が暮れる時間が急に早くなってきたと感じるのが〈秋〉の季節です。自然界ではさまざまな果実が熟し収穫の季節です。この季節は、これまで手に入れ積み上げてきた人生の集大成をはじめる季節でもあります。そして最後に、これまでの自分の人生をもう一度振りかえり、自分の人生をまとめていく過程を通して、大切な自分の一生を再確認するのが〈冬〉の季節といえましょう。

公園の樹木が季節ごとに、その姿を変えていくように、私たちの人生にも、少しずつ変化が訪れます。

人生の〈秋〉から〈冬〉の季節は、くやむことのない「死」への覚悟とそなえの期間（準備期間）と言えるでしょう。

子どもの絵本の解説程度の表現を用いれば、〈生〉とは、「生」まれること、「生」きること、そして、「生」き続けること、です。〈生〉に忠実に生き続けることこそが、人生に与えられた課題と言ってもよいと思います。そのような課題に取り組むプロセスにおいて、事故や病気などの原因を除けば、ほとんどの場合、人生の絶頂期から突然、なんの予告もなしに〈死〉を迎えるわけではありません。後戻りできない〈死〉の前に、長い老年期、すなわち「老い」の期間を通過しなければなりません。

しかし、いずれの季節においても、大切な〈いのち〉のとうとさは何も変わりません。つらい時も悲しい時も、おだやかに、ていねいに、そして勇敢に、その時その時の偽らない自分を引き受けて、いつも〈喜びのうちに〉生きていきたいものです。

本書では、〈いのちとは何か〉その本質や価値、いのちの意味などについて、四季の移り変わりを感じながら、日ごろ、私自身が考えていることや思ったこと、あるいは、実際の幾人かの方たちの言葉や生きる姿なども織りまぜながら、地上の人生の完成の時（終章）まで、一年一年、実り豊かに年を重ねながら、まぶしく輝く光をはなち、生きている喜びを味わいながら、いま（今日）を、そして明日を輝いて生きるためのストーリーを《言葉の花束》と名づけてお伝えしたいと思います。

なお、本書の後半部分では、後半の人生（後半生）、すなわち、人生の〈秋〉から〈冬〉の季節について考えてみました。

日本では、令和七（二〇二五）年に、いわゆる「二〇二五年問題」が発生します。令和七年以降、団塊の世代が七五歳以上の後期高齢者となり、国民の四人に一人が七五歳以上という、これまで経験したことのない「超高齢化社会」が到来します。

これに伴い、医療、労働・雇用、社会保障費をはじめ、さまざまな深刻な問題の顕在化が懸念されています。そして、このような未経験の変化の中で、後半の人生を過ごす数多くの人たちが、みずからの人生をどう生きるか、どのように人生の終章を迎えるかを思索することでしょう。

そのような読者の方が本書を手にして、自分の未来を悲観することなく、明日を輝いて、実り豊かな人生を歩むヒントをつかんでいただければという思いから、あえて、本書の後半部分は、後半の人生（後半生）についての考えをしるしてみました。

小書に書かれた言葉が、数多くの方をなぐさめ、はげまし、助けとなり、未来を歩むうえでの小さなともしびとなり、生きるエネルギーとなることを願っているしだいです。

目次

はじめに　3

第1章　〈生〉と〈死〉を考える……13

こころ静かに座して　15
〈生〉と〈死〉へのまなざし　18
〈いのち〉はどれほど大切か　21
人間の〈死〉への思い　24
〈死〉や死後のイメージ　26
〈死〉を恐れる五つの理由　27
長い〈生〉への願望　31
人の死は「悪」や敗北ではない　34

第2章　〈いのち〉を問い直す……37
〈いのち〉の価値をめぐって　39
〈いのち〉の「価値」は変わらない　41
すべての人間は高価で尊い　43
自分の存在価値を決して見失わない　45
自分で自分の価値を引き下げない　48
第3章　〈いのち〉は愛されるためにある……51
愛されないという「勘違い症候群」とは　53
〝自分を愛していない〟という感情　54
人は愛されるために生まれてきた　58
人は愛を受けるために存在している　61
自分を愛しいつくしむ　64
自分が「愛する」天才になる　66

第4章　こころを豊かに生き続ける……71
誰もが幸せを求めて生きている　73
幸せになることは「権利」ではなく「義務」　76
人生は他人と競争するためではない　78
幸せを選択する　81
現代に生きるために必要なもの　83
幸せをさまたげる要因　85
否定的な要因を引き寄せない　87
勇気をもってあっさりと捨てる　89
苦難を乗り越えて生きる　91
すべての出来事は実り豊かな人生のためのギフト　95

第5章　「老い」という後半の人生を輝く……99
「老い」という新たなスタート　101
老いるということ　103

「老い」を受けとめる　106
「老い」は喪失でも無駄なオマケでもない　108
人間としての人格的な「成熟」　112
より豊かな成熟した人間として歩む　115

第6章　老いても「私が私である」ということ……121

みずからの人生の「肯定」　123
誇りは生きる勇気を与える　125
秘めた〈可能性〉の開花　127
〈可能性〉とは、〈未来に生きる力〉　128
老いたからこそ真価を発揮する　132
人間の内臓にみる奉仕と献身　133
いつも前向きに生きる五つのヒント　136

第7章　人生の終章に向かって自分の物語を生きる……145

〈いのち〉を失う体験　147
人間の〈死〉がみえない時代　150
人間と他の生き物との〈死〉の違い　154
カゲロウとミノムシ　155
みずからの死に備える　159
〈死の質〉について語る必要性　161
死に向きあい恐れずに生きる　164
後に残された愛するものへのメッセージ　166

おわりに　170

装幀　2DAY

第1章 〈生〉と〈死〉を考える

【一輪のストーリー】

あなたの存在と人生には、驚嘆(きょうたん)に値する意味と大きな使命があります。
与えられた〈いのち〉に輝きを増し、
感動的なそれぞれの大切な人生の物語を生き、
最後の一瞬までいのちを使いきるためにも、
人生のスタートだけではなく、
ゴールについても思いをはせる必要があります。
あなたには、とっておきの魅力的な人生の物語があるのです。

こころ静かに座して

皆さんは、一日のうち、こころ静かに過ごす時間はありますか。

「現代」という時代は、時間の流れ方が異常に加速しているように感じるのは私のみでしょうか。

現代に生きる私たちは、その身を置いている社会的環境が急速に変化し続けており、過去に生きていた人たちよりも、はるかにあわただしい毎日を送っているという感じがします。そして、絶え間なく周囲や周辺の雑音と騒音などにこころがみだされ、ゆっくりと時間をおしまず、静かな中で、みずからの歩みを吟味し、悩み、喜び、とことん考えるという営みが難しくなっています。

木立を吹き抜ける風、せせらぎのかすかな音、小鳥のさえずる声に耳を傾ける静かな時はあるでしょうか。

そこで、私は、はっきりと未来が見通せず、あわただしく変化する現代の社会に生きる私たちにとって、いま、もっとも大切にすべきことのひとつは、今日の〝情報の森〟、〝情報の海〟の中にあって、〈いのち〉について思いをはせる静思（せいし）の時を持つことではないだろうか、と考えています。

「静思」と申しても、座禅を行うというのではなく、簡潔には、〝こころ静かに思索すること〟、〝ある物事について静かに思いめぐらすこと〟といった意味内容の言葉と理解してよいでしょう。

〈いのち〉についての学問的、思想的な定義づけは幾つかありますが、「生きている」ものに、いのちがあることは、誰もが理解しています。

そして、それは生きているものとして、最も尊重され、敬愛されるものです。いのちは、「人が人として成り立つ根源」であることに、誰一人として疑問を持たないでしょう。

一度かぎりの自分の人生において、本当に大切なもの（こと）を置き去りにして日々の生活を送り、生涯、大切なもの（こと）を見失ったままで〈死〉を迎えるとしたら、〈人が人としてよりよく生きること〉とは、かなりかけ離れた生き方となりそうです。

本書の副題は、「明日を輝いて生きる」としましたが、それは、「明日」が輝けば、「いま」（今日）はどうでもよい、ということではありません。明日を輝いて生きるためには、いま（今日）という一日を大切に、実り豊かに、生き生きとまぶしく光り輝いて生きることが必要です。

今日の一日一日をこころゆくまで味わい、そして、明日を実り豊かに喜びのうちに歩めたら、なんと素晴らしいことでしょう。

こころ静かにした時、今日も明日も、「生きる」ことをいとおしく思っている自分の姿、身近な人や多くの他者を大切に思い、「愛すること」を願い求めている自分のこころに出会うはずです。

自分を想うこころ、人を想うこころがはっきりと見えてきます。

人間としての大きな魅力のひとつは、長い人生の旅の中で、その時々のいろいろな変化、立ち止まりや成長・発展に向きあうことによって、慈愛に満ちたこころを持った、豊かな人間性を魅力的に醸（かも）し出すことができるところにあります。

〈生〉と〈死〉へのまなざし

私たちのまなざしは〈生〉だけでなく、〈死〉へも向ける必要があります。

あらためて、世の中を見てみますと、今日では、人間の〈生〉の意味、人生のあり方についてては、これまでに数多くの示唆と知見がみられます。人生の意味については、さまざまな視点から検討され、すでに数多くの著作も世に出ています。自分の歩んでいる人生になんらかの迷いが生じた時、これらの著作は、自分を励まし、道しるべとなり、悩みの淵(ふち)から立ち上がらせて、再び人生を歩もうとする力を与えてくれるものです。

しかし、どんなにもがいても、誰もが逃れることのできない〈死〉についてはどうでしょうか。人間の〈生〉のような意味など、〈死〉にはぜんぜんないのでしょうか。

私自身は、まったくそうは思っていません。

人間の〈生〉に意味があるように、〈死〉にも意味があり、メッセージがこめられているはずです。人間の〈死〉に意味があるからこそ、いのちに輝きが増し、感動的なそれぞれの大切な人生の物語を生きることができる、というのが私のゆるぎない信念です。

たとえば、オリンピックの競技で、ゴールがどこかわからない、どうすれば優勝できるのか決まっていない競技は何ひとつありません。同じように、自分の人生のゴールをあいまいにしたままでは、右にそれたり、左にそれたり、後戻りしたりで、しっかりと前向きによりよい人生を歩むことができないでしょう。

明日を光り輝いて生きるうえでも、自分の歩むべきゴールを明確にし、つまずき倒れず、ていねいに、勇敢に前進する必要があります。

何かの冊子で、「人はまわりが笑う中で泣きながら生まれる。人生の終わりには、まわりが泣く中で笑いながら死ねるように生きていくことが大切」という文言に出会いました。

確かに、生まれた時は、まわりが喜んでいる中で、「オギャーオギャー」と泣きながら、お母さんのお腹から生まれてきます。しかし、死ぬ時は、まわりの悲しみの中で、息を引き取ることになりますが、できれば笑顔で、平安に満ちた端正な顔でありたいと誰もが願うことでしょう。

生まれる時は自分ではなにもできずに人の手を借りるばかりですが、死ぬ時はみずから死に方を選ぶことができるのです。

この人間の〈死〉については、後半の章で述べることにしますが、私は〈生〉のみならず、〈死〉についても静思することによって、与えられた自分の大切ないのちを最後の一瞬まで使いきることができるものと考えています。

私たちすべての人間は、一年に一つずつ、必ず年を重ねます。

年を重ねるのと同じように、必ず死を迎える時がきます。一〇〇年に一度の大規模災害にあう経験はない人も多いと思いますが、死は誰にも必ず訪れます。年を重ねることはやむをえないこととしてすんなり受け入れても、自分の死を受け入れるのはかなり難しいことです。

私は、満面の笑顔で満たされたこころで死を受け入れ、死に向きあい、喜びのうちにこの地上をあとにするには、どうすべきなのか、どのようにあるべきなのかを考えることこそが、生きている者の真剣に思索（しさく）すべきことだと思っています。

しかし、いざ臨終の間際に至って、「死とは何か?」、「死にどんな意味があるのだろうか?」と考えるには、あまりにも遅すぎます。

残念なことに、そのような状態での考えは、かなり後ろ向きとなり、否定的で、失望感が強くなります。

みずからの臨終の時に、魂の動揺と不安をなくし、後悔（こうかい）と無念を残さず、みずから死ぬ時にしっかり死ぬ覚悟のためにも、身体（肉体）と精神が健全なうちに、死への準備が必要ではないかと思っています。

〈いのち〉はどれほど大切か

すべての人間の人生の始まりは、いのちの誕生からです。

本来的に、いのちある生命体は、生きようと成長します。ほんの小さな一枚の木々の葉さえ、生きようと空に向かって伸びていくのです。

それは、人間も同じことです。生まれたばかりの人間の赤ちゃんが、みずから死にたいと思わないでしょう。逆にいいますと、特別な状況の下にないかぎり、喜んで死を迎えたい人は、ほとんどいないはずです。

はるかに長い長い歴史の中で、「なぜ生まれ、なぜ死ぬのか」という問いに迷いに迷いながら人間は生き続け、これまで数多くの人間がその答えを模索し、今もって探究し続けています。あらゆる意味において、いのちは人間存在の根源であり、いのちなしに「なぜ生まれ、なぜ死ぬのか」という問いは意味をなさないのです。

人間の〈いのち〉がどれほど大切かについては、私が述べるまでもありませんが、昔の中国での史実を例にあらためて考えてみたいと思います。

いまから七〇〇年ほど前の中国明の時代初代皇帝朱元璋（洪武帝）の皇后であった馬皇后は、国民を大切にし、献身的な女性として評価も高く、のちに疑い深くなり、つぎつぎに家臣に重い罰を加えていった皇帝に対して、「天下を定むるに人を殺さざるをもって本とす」、すなわち、天下をおさめるには、人のいのちを大切にすることを基本とする、といさめたと伝えられています。

これを現代風に言いかえれば、「国家を健全に運営し、安定させるには、まず国民のいのちを最優先することが大切」、といったところでしょうか。

人のいのちを大切にするとは、国家を大切にすることです。人の未来とは国家の未来そのものだからです。

また、私の子どもの頃には、今から一〇〇〇年ほど前の中国北宋時代の政治家・歴史家・儒学者として知られる司馬温公（司馬光ともいう）の「瓶割り」の話しを聞いたことがありました。今日では、この興味深い中国の故事（＝昔からの言い伝え）は、日本の若者たちにほとんど伝えられる機会がないように見うけられますので、簡単にこの出来事の内容をお伝えいたします。

それは、温公の子どもの時の出来事です。

子どもの温公が大きくとても高価な水瓶のあたりで友だち数人と遊んでいたところ、友だちの一人が誤って水瓶の中に落ちて、いまにもおぼれそうになります。そこで、温公は水瓶に落ちた友だちを助けるために、父親からしかられるのを覚悟して石を振り上げてその瓶を割り、水瓶に落ちた友だちのいのちを救います。それを聞いた父親は、しかるどころか温公をほめたたえ、あらめて、人間のいのちは、どのような高価な物よりも大切だということを教えたという故事です。

この出来事が故事として語られ続けているのは、当時、中国では、水を貯蔵する古く大きな水瓶は高価で貴重品でしたが、そのような品（物）よりも人間のいのちのほうがはるかに尊（たっと）いということを強く訴える目的があったことは容易に理解できます。

人間の〈死〉への思い

やがては、この地上に〈生〉をえた人間として、その〈生〉を終える時がきます。私たちは人生において、いつかは身近な人びとの死と自分自身の死に直面せざるをえません。

これまでは〈生〉と表裏をなす〈死〉、あるいは、〈生〉の先にある死後の世界というものがタブー視され、日本では積極的に話題にすることは、避けられていた感があります。「そんなことは縁起でもない」とたしなめられた経験をお持ちの方もおられることでしょう。そうまで言われると、あえて死を口にするわけにはいきません。

しかし、最近では、私たちの身の回りでも、しだいに「生と死」を書名とした書籍も目にするようになりましたので、以前よりは生と死をめぐる身体的、経済的、文化的および社会的な問題などが広範囲に取り扱われるようになってきたように思います。

〈死〉は、私たちの人生でただ一度きりの後戻りできない絶対的で究極の出来事です。私たち人間は、人として愛され愛しながら幸福を求めてこの地上生涯を歩みますが、誰もがいつかは必ず死ななければならない存在でもあるのです。

今日では、医学分野の進展は目覚ましく、医療技術は驚くほどに高度ですぐれており、かつてはとうてい根治不可能とされていたケガや病気などもかなりのものが克服されつつあります。

それでもなお、〈死〉というものの前に、人間は完全に勝利なしの完敗と言わざるをえません。

そこで、私もまた、いま一度、〈生〉の原点に立ち戻って、私たち人間の〈生〉だけではなく、〈死〉をも静かにみつめ、その現実から逃げずに向きあい、どのようにこの地上生涯を終えていくのか、終えたいのか、どのようにその〈死〉に向きあい、後悔のない自分らしい人生の終章を過ごすことができるのか、このことを通して生き方を問い直したいという気持ちを強く持つようになりました。

なお、数年前から、〈生活の質〉、あるいは、〈生の質〉と訳されるクオリティー・オブ・ライフ（ＱＯＬ）だけではなく、〈死の質〉と訳されるクオリティー・オブ・デス（ＱＯＤ）についても語られるようになってきましたが、この点については、最後の章で簡単に触れたいと思っています。

〈死〉や死後のイメージ

常日頃から、私たちが感じている〈死〉や死後のイメージに対しては、決して明るいものではありません。

私たちの〈死〉や死後のイメージは、たとえば、非常にいやで暗いこと、そして、得体のしれない、苦しく、つらい、といったところでしょうか。

通夜や葬儀の時、会葬御礼とともに小さな袋につめられた塩、すなわち「お清め塩」が配られることが多くあります。これは、古来から、死を恐れ、〈死〉を「穢れ」たものとみなし、葬儀にたずさわったものは穢れを受けたため、それを塩で清めなければ日常生活に戻ることはできないという考えからきたものです。

神道では、死を穢れ（不浄）とみなして、恐れの対象としましたが、仏教では死を穢れとみなさないため、仏式の葬儀や告別式においては「お清め塩」は必要ないといわれています。しかし、日本の伝統風俗では神仏を明確に区別せず行ってきたため、その名残りもあって、現在でも、ほとんどの葬儀で「お清め塩」が配られています。

ユダヤ教の律法によれば、神殿に仕える大祭司は、死んだ人間とはいかなる形でも接触は許されず、非常に近い親戚であっても例外ではありません。それは、大祭司自身がけがされないためであり、特別な衣服をまとい、聖別された油をぬられた者として、ぬられた後は、その儀式的神聖さの状態を維持することが求められたからです。

〈死〉を恐れる五つの理由

ほとんどの人が、〈死〉に対して暗いイメージをいだいています。

私たちが、〈死〉に対して非常にいやで暗いイメージをいだく第一の理由（要因）は、誰ひとり、死と死後の世界を前もって体験的に知ることができない、ということでしょう。この世に生きている人間にとっては、死と死後の世界はまったくの未知なる世界です。

死ねば、すべては無であり何も残らず何も感じないと主張する人たちもいます。いにしえから言われているように、この地上生涯を終えた後に、自分の魂は天国に昇れるのか、あるいは、地に堕ちて永遠に苦しみ続けるのか、そのいずれかだとすれば、喜んで死ぬのを待つ人は少ないかもしれません。

一般的に、私たち人間は、得体のしれない、未知なるものについては、強い恐怖感と漠然とした嫌悪感をおぼえる場合が多いといえます。

第二の理由に、人間の〈死〉は、予測不能であり、はっきりと自分の死の時間を知ることができないという恐(おそ)れがあります。

テレビドラマなどで、病院に入院中の患者さんが、医師から余命を告げられて落胆したり苦悩する場面を見ることがあります。ある程度の覚悟をしているとはいえ、余命を告げられた患者さんが喜んでいるテレビドラマを見ることはありません。

自分が余命を告げられた時、それを冷静に受け止め、なんら取り乱すことはないという自信がある人は、どれだけいるでしょうか。医師から「余命三ヶ月」と告知されても、実際には二ヶ月で死に至る場合もあれば、一年以上生存する事例もありますから、余命の告知すら明確な死の時間とはいえず、あいまいな部分が残ります。

「死は盗人(ぬすびと)のようにやっている」という、よく知られた言葉があります。朝、元気に朝食を食べていた人が、交通事故や本人も自覚していない病気を突然発症して、死ぬという場合もあります。このような場合は、人生の最後の時に向けて「終活」をするという時間がありません。

ある程度、死の予測がたてば、さまざまな身辺の整理や死に向けての準備を済ませることも可能です。いつも、そのように望みたいのですが、予測のつかない突然の死が訪れた場合、自分では何もすることがかないません。

第三の理由に、死までの時間、そして死ぬ時の「痛み」についてのいい知れぬ恐れやこわさがあります。

死ぬ本人が痛みを感じる間もなく、突然死を迎える場合、あるいは、痛みのない、穏やかで、平安な最後の時――ただし、その心中まではわかりませんが――を過ごす人もいるようです。しかし、なんらかの事故や重い病気などで死までの時間が長引いた時などは、身体的な痛みと合わせて、精神的な痛みも伴う場合もありますから、〈死〉へのイメージは決して明るいとはいえません。

第四の理由に、〈死〉は孤独です。死ぬ時はただ一人です。一人だけでこの地上を去る寂寥感（せきりょうかん）や漠然とした不安感があります。

すべての人間は、家族や親族、あるいは、多くの友人や知人がいる場合でも、死ぬ時は、誰もがただ一人で死に向かわなければなりません。それは、どこの国に生まれようと、まったく関係ありません。性別や貧富の差も何の意味もなしません。まさしく、死は「孤独」そのものといわざるをえないのです。

そして第五の理由に、この世で手にしたすべてのものは、死後の世界に持っていくことができないという無念さ、くやしさ、悲しみがあります。

地上での長い人生で築き上げてきたこと、たとえば地位、名誉、評判ないし人間関係など、あるいはまた、一生懸命労苦して、ようやく手に入れた所有物、たとえば家、金銭、土地などを一切手放さなければなりません。

どれほど高い地位にあって社会的に評価されている人間であろうと、どれほどの大富豪で百万長者であろうと、死後の世界ではこの世の地位は何の価値もないでしょうし、金銭は一円たりとも持っていくことができません。

他にも、愛する家族や親しい友人・知人など、後に残されたものへの心配が死を暗いものにしている場合もあります。

このように考えますと、死は、生きている人間にとって、「最大の苦悩と試練」という表現が適切なのかもしれませんが、そのような考え方で、〈死〉を結論づけることは決して好ましいことではありません。

長い〈生〉への願望

人間は、気の遠くなるような古い時代から、あくまでも、地上にある身体（肉体）は死んでも、その存在は消滅して無に帰すのではなく、死後も〈生〉は継続するという考え方が支配的だと言えます。

たとえば、「ナイルの賜物」とうたわれた古代エジプトの地では、新生児の死亡率は高いうえに、大人でも疫病（えきびょう）や飢饉で死んでいく者も数多く、常に死が身近にあり、いつも死と隣り合わせの日常生活だったようです。

古代エジプト人は、死ぬと霊魂となって地上の生涯を離れ、冥界（めいかい）を抜けることができれば来世（死後の世界）で永遠に生を謳歌できると信じており、それが彼らの死生観であったとされています。

すなわち、古代エジプト人は、現世の続きを来世（死後の世界）で「復活」して永遠に過ごすことができると考えていたようです。

死者が無事に冥界を抜けることができるように、死者の埋葬時にそえられた葬祭文書が

『死者の書』(『日の下に現れ出る書』)です。『死者の書』は、もともとは、来世(死後の世界)の「復活」に必要とする呪文をしるした巻物だったそうですが、第一一王朝時代(紀元前二〇〇〇年頃)になると呪文は柩に書かれるようになったと伝えられています。

また、古代中国においては、死者の墓に副葬される冥器の一種が「俑」で、死後の霊魂の生活のために製作されました。「俑」のうち、兵士および馬をかたどったものを「兵馬俑」といいます。

「兵馬俑」といえば、昭和四九年三月に村の住民によって発見された、中国陝西省西安市臨潼区の始皇帝陵兵馬俑坑出土のものが世界的に有名です。その後の調査によって、亡くなった始皇帝の来世での生活のために必要な数々のものが埋納されていることも知られるようになりました。

キリスト者でなくても、ほとんどの家庭に、国語辞典と同じく、一冊の『聖書』(日本聖書刊行会の刊行など)が置いてあると思います。

『聖書』を開きますと、最初に、「創世記」が出てまいります。この「創世記」には、神が人を形作り、いのちの息を吹き込んで、人は生きるものになった、とするされています。

つまり、『聖書』では、すべてのいのちは神によって与えられたものです。そのいのちは、単に生物学的ないのちだけではなく、霊的いのちであり、他の生き物と違って、神の存在を知り、神との交わりを可能とするものです。

いずれにしましても、どんなに金銭を積み、昼夜願ったとしても、現状では永遠にこの地上において生き続けることはできない以上、この世での「長寿」というのは、人間として最も望ましいことであるという考えに、多くの方が賛同すると思います。

日本人にとっては、長く生きることが祝福そのものであり、人間の目標のひとつであるというのが一般的な考え方だといえます。

ご存じのように、古来から、この世での「不老不死」の薬を追い求めた伝説は少なくありませんが、その代表的な伝説が、日本でもとりわけ有名な「徐福伝説」でしょう。

中国の秦の方士（呪術、祈祷、医薬、占星術、天文学などに通じた、一種の学者であると考えられます）であった徐福が、秦の始皇帝の命を受け、始皇帝が求めていた「不老不死の仙薬」を探しに、若い男女三千人、五穀の種子および百工（各種技術者）とともに、大船団を率いて中国を出航したものの、二度と中国には戻ることはなく、ある異国の地で村人に慕われながらその生涯を送り、後世の人々に尊敬されている、という伝説です。

この伝説は、日本人としても、たいへん興味深い伝説です。

それは、中国を出航した徐福は、その後さまざまな苦難を乗り越えて日本にたどり着き、その地に長く滞在したとする伝承が現在でも日本各地で語り継がれ、徐福の墓として伝えられる場所すら存在しているからです。

徐福の故郷である中国江蘇省連雲港市には、徐福をまつる「徐福祠（じょふくし）」が建設され、徐福が伝説上の人物ではなく、実在した歴史上の人物としての扱いを受けているようです。

もちろん、私は中国の徐福が空想上の人物なのか、実在して伝承のとおり日本に滞在したかを確認すべくもありませんが、人間のこの世での「不老不死の仙薬」を手に入れたいという、強い願望がこのような伝説や伝承をうみだしたことは疑いえないと言えます。

人の死は「悪」や敗北ではない

普段から、自分は必ず死ぬと、死を深刻に意識しながら日常生活を送っている人は少ないと思います。

死を意識して、〈死後の世界体験ツアー〉でもあれば、参加したいと思う人は、どれだけいるでしょうか。

　もちろん、このようなツアーを企画する旅行会社も存在していませんが、人が死に向きあい、死と死後を恐れずに生きることができたとすれば、それは見事な人間の「生き方」であり、「死に方」ではないかと思えるのです。

「寿命」という文字、あるいは、長生きを祝うという意味をもつ「長寿」という文字の「寿」という漢字は、「ことぶき」とも読み、慶事を喜び祝うことです。

「寿命」は生きている人間の〈いのち〉の長さのことですが、一般的な常識では、誰しも短命よりは長命の方を望むでしょうし、短命に終えた人の葬式はなんとも悲しいものです。悲しみで胸が張り裂けそうになります。

　死なないことは「善」であり、死は「悪」や敗北という思いが、知らず知らずのうちに私たち人間の心の中に住みついているのかもしれません。

　しかし、人間の死は、決して「悪」や敗北などではありません。たとえ、この世で人生が短かったとしても、意味のない人生などないのです。

　死は、山でいえば、最高峰の山頂にあたります。

　人間の〈死〉は、〈生〉の完成であり、死の時をいのちが一番光り輝く時ととらえる必要があります。

もし、そうでないとしたら、死は苦しみや悲しみだけに終わるだけの出来事になってしまいます。

〈死〉というものが恐怖で、失望だけならば、それまでの人生の歩みは、後悔と苦悶（くもん）に満ちたものになってしまうからです。

第2章 〈いのち〉を問い直す

【一輪のストーリー】

あなたは、野草の朝の露(つゆ)のように光り輝く素晴らしい人なのです。

いま(今日)を、そして明日を光り輝いて生きるためには、まず、何と言っても、〈自分がどんなにすばらしい価値ある人間か〉という真実に目覚めることです。

不思議に美しく生き生きと咲く花に目をうばわれます。

でも、それ以上に誰もがうらやむ価値をあなたは秘(ひ)めているのです。

一万円札は、どんなにボロボロになっても、

その本来的な価値を失うことはありません。

〈いのち〉の価値をめぐって

〈いのち〉はかけがえのない大切なものです。

〈いのち〉は、真実の価値を持っています。無価値な人間などどこにもいないのです。

この世の中には、人間の手によってつくり出されたすぐれた作品がたくさんあります。すばらしい作品とは、どのような作品でしょうか。

確かな定義づけはできませんが、すばらしい作品といいますのは、それがどのような作品であろうと、それをつくった人、その芸術家の強い思いや気持ちが素直にあらわされ、鑑賞者のこころを満たし、その芸術家に栄光を帰するものであるように思います。

かなり古いお話しで恐縮ですが、昭和六二年に、日本の大手保険会社がロンドンの絵画競売で、画家・ゴッホ晩年の作品である「ひまわり」という作品を約五八億円（当時のレート、この時点では史上最高）という破格の値で落札したことがありました（ちなみに、この作品は、現在、日本の美術館に常設されています）。

では、なぜ、このような途方もない値段で落札されたのでしょうか。

いろいろな要因はあると思いますが、なんといっても一番の要因は、それがゴッホ自身の手によって描かれた《本物》のゴッホの絵だからでしょう。

現代の技術を用いれば、色や形など、おそらく寸分違わない、ゴッホの「ひまわり」そっくりのものをつくることは容易に可能でしょう。しかし、そのようにしてつくられた絵画に、大金を支払うことはかなり馬鹿げています。絵そのものよりも、額縁の方が高く売れそうです。それは、にせものであり、材料の価値しかありません。

そして、このような本物の絵は、たとえば、東京の武道館にかざられようが、小さな村の公民館にかざられようが、その価値は一切ゆるぎません。「ひまわり」がとても珍しい特技や演奏をしなくても、ただそこに「あるだけ」、「存在するだけ」で素晴らしいのです。

人間がつくった本物の作品でさえ、このように途方もない値段がつくのです。

たとえば、皆さんが宝石なら、ザ・ゴールデン・ジュビリー（現存する世界最大の研磨済みダイヤモンドで、約五四六カラット、約一一〇グラム）とカリナン一世（世界第二位の大きさで、偉大なアフリカの星とも呼ばれているダイヤモンド）を合わせたような存在とでも表現できるかもしれません。客船ならば、現時点で世界最大の超豪華客船「ワンダー・オブ・ザ・シーズ」と元世界最大の超豪華客船「シンフォニー・オブ・ザ・シーズ」を合わせたような存在とたとえることができるほど、素晴らしい存在と表現できるかもしれません。

しかし、ダイヤモンドも客船も、そして、頭よりも大きな純金も金銭で購入可能ですが、人のいのちは金銭では、決して買うことができません。

〝自分のいのちに何の価値もない〟と苦悩しているとしたら、それこそ、その悩みには何の価値もありません。そのようなおろかな悩みのかたまりは、深い湖の底に沈めてしまえばよいのです。

〈いのち〉の「価値」は変わらない

〈いのち〉は、途方もなく驚くばかりの恵みです。

世界中には、身体の多くの自由のきかない人が大ぜいいます。

その人たちは、まったく価値のない人間でしょうか。そうではないはずです。身分や人間の知恵、あるいは身体の健全さで人間の価値を決めることはできないのです。

二歳の時に熱病にかかり、聴力と視力を失い話すこともできなかったヘレン・ケラーは価値のない存在でしょうか。

第三二代アメリカ大統領のフランクリン・ルーズベルトは、小児麻痺をかかえていました。

一七歳の時に海の事故で脊椎（せきつい）を損傷（そんしょう）し、首から下の自由をうばわれながら、画家、ゴスペルシンガーとして世界中を飛びまわるジョニー・エレクソン・タダというアメリカの女性は価値がないでしょうか。

また、子どもの時に赤痢から脳性麻痺をおこし、重度の障害をおいつつ、瞬き（まばたき）で詩をつくり、「瞬きの詩人」とまで言われ、多くの感動的な詩を残した水野源三という男性の場合はどうでしょうか。水野氏は、病気を発症し、病気が重くなってからは一度も歩くことができませんでしたが、だからと言って、彼はこの世で価値のない人間といえるでしょうか。

ハスは泥の中にあっても、優雅で、多くの人を魅了し、天に思いをはせる見事な花を水面（みなも）に咲かせます。

五体満足な人間でも、身体になにがしかの障害があっても、あるいは病気で寝たきりの状態で日々の生活を過ごさなければならないとしても、まったく同じ価値なのです。なんら変わることはありません。

すべての人間は高価で尊い

すべての人間は、高価で尊い存在です。

人間は、一人ひとりが、たとえようもなく高価で尊い存在なのです。それは、奇跡ともいえるほどに、驚くべき価値のある存在ということです。

社会的な権力や人間の知恵や身体の健康などと人間の価値はなんの関係もありません。

いま、生きて存在しているあなたは、たとえようもなく高価な「神の作品」なのです。

神の手による愛の作品であり、神の創造による奇跡ともいえる作品そのものなのです。

冷静に考えてみますと、この地上に天地がつくられて以来、どれだけの数の人間が創られ、この地上での生涯を過ごしてきたでしょうか。今日でさえ、世界には八〇億人ほどの人間が存在しているのです。天地がつくられてから現在に至るまで、そして未来の世界に生きる人間を合わせたら、大きな海岸の砂よりも多いといえるでしょう。

しかし、一人ひとりの人間は、このような長い歴史の流れの中で、そしてまた、これからはじまる未来においてさえ永遠に存在することのない、ただ一人の人間なのです。

同じ名前、生年月日、血液型、星座、皮膚の色や髪の毛の数、足の大きさや身長・体重は同じ人がいるかもしれません。人間の身体を構成する細胞の数は同じでも、人間という「生きている」存在は、たまたま何かの状況や環境下で、まったく偶然に発生した原子や分子の単純きわまりない寄せ集め、偶然の集合体や集積体などではありません。

現在、二〇〇ほどある世界の国々の国家予算、そして最先端の研究にたずさわっている、えりすぐりのあらゆる研究者を集めても、生命体の身体を構成している細胞の一個さえ、なにもない「元」から創りあげることはできないのです。

そのような、約六〇兆個もの細胞から構成され、いま、〈いのち〉をもって生きているのが人間です。しかも、ただ約六〇兆個もの細胞を単純に寄せ集めただけではありません。

他の生き物とはまったく違って、「人格」を持ち、情愛を知るやさしいこころと神を知る魂を持っています。ですから、人間の長い人生では、多くの喜びを味わい、悲しみや苦しみを経験し、喜びや悲しみを他者と分かち合うことができるのです。

私たちは与えられた、みずからの大切な〈いのち〉を丁寧に扱い、偽(いつわ)りのない〝そのままの存在〟としての自分を愛し、自分の個性を最も美しいと思うことが必要です。

「いま（現在）」存在する一人ひとりの〈いのち〉には、「過去」に生きた人たちの大切な

〈いのち〉が含まれ、また「未来」に続く、何にも代えることのできない〈いのち〉をもやどしている、といえるのです。

自分の存在価値を決して見失わない

私たち人間は、その長い人生において、生きていることがつらいほどの試練、屈辱的で、しいたげられるような経験を味わうことがあります。

苦難や困難、厳しい試練にあったことのない人は誰一人いません。

もしかしましたら、皆さんの中には、いま、言い知れない不安、耐えがたい苦しみや悲しみが、頭の上にふりそそぎ、苦悩の大波が押し寄せている方がおられるかもしれません。

すべてがから回りして、自分だけが幸せから見はなされ、なんだか、ひどく損をしていて、もう、自分には恵みが手に入らないのではないかとあせることはないでしょうか。

まさに、舞台で悲劇的な人生を演じている、いま、世界で最も不幸な、あわれな人間のように自分を思ってしまう時があるものです。

デンマークの代表的な童話作家・詩人であるアンデルセンの「えんどう豆の上にねむったお姫さま」という作品をご存じでしょうか。

むかしむかし、一人の王子様がほんもののお姫様をおきさきにむかえたいと考え、世界の国ぐにをあちらこちら探すのですが、なかなか、ほんとうのお姫様が見つかりません。ある夜のこと、いな妻が光り、雨が滝のように降りそそぐ夜、お城の扉をたたく音がします。

お城の中に入れられた少女は、ずぶぬれでみじめな格好をしていましたが、「私はほんもののお姫様でございます」と言います。

そこで、そのお城のおきさき様は、本当にこの少女がお姫様かどうか、ある方法をもちいて確かめようとするのです。

その方法とは、ベッドの一番下に一粒のえんどう豆を置き、その上に二〇枚のしきふとんと二〇枚の羽ふとんを重ねて、この少女に休んでもらうというものです。

さて、あくる朝、おきさき様は少女に夜の寝心地をたずねます。すると少女は、「いいえ、ひどいめにあいましたの」と言い、「一晩中、眠ることができませんでした。ベッドには、一体、何がはいっていたのでしょう。なにか、かたいものの上に眠ったようで、体じゅうあざになってしまいました。本当にひどい夜でございました」と答えたのです。

二〇枚のしきふとんと二〇枚の羽ふとんを重ねたのに、たった一粒のえんどう豆でも眠れないほど感じやすいのですから、この少女こそ、ほんもののお姫様であることは間違いありません。やがて、この少女は、ほんもののお姫様を探し求めていた王子様とめでたく結婚するというお話です。

この作品のえんどう豆は、言いかえれば、人生の歩みの「なやみの種」、「苦しみの種」、「わずらいの種」に当てはめることができます。

このような種が私たちのこころをひどく痛め、時には、安眠さえもさまたげられてしまいます。たとえ大きな部屋にいても、たった一匹の蚊が、まわりを飛び回っているだけでイライラしてしまいます。

同じように、私たちは、日々の生活の中で、一言の悪口、たった一つの悪いうわさ話し、あるいは、何気ないささいな言葉も、イライラさせ、もはや平安な気持ちで過ごすことができなくなってしまう場合もあります。これが、一匹の蚊どころか、大きな蚊が何匹も、飛び回るような状況になったとしたら、おだやかに過ごすことは期待できません。

時には、いつも、自分の弱さやいたらなさ、失敗や欠点ばかりにこころをうばわれてしまい、いつの間にか、自分の存在価値を見失ってしまうことがあります。

でも、たとえ、度重なる人生の困難や苦難、そして到底耐えられないと思われるほどの試練にあって、心が弱まり、泣きそうで、しおれてしまいそうになっても、自分の価値を見失ってしまうことがあってはならないのです。

固いコンクリートを割って、黄色い花を咲かせるタンポポの強さを思い出しましょう。雲の後には太陽があり、嵐の後には輝く虹があるのです。苦い試練の後には、必ず、勝利のかんむりが待ち受けています。本当の自分を隠す必要はありません。

自分で自分の価値を引き下げない

自分で自分の〈いのち〉の価値を引き下げるのは、最悪の行為と断言できます。

真殿輝子（まどのてるこ）氏の著作には、次のような逸話が載っています。


タイで国道工事があり、数百年来あった仏像を移動させることになった。

ところが、仏像を動かそうとした時、表面がポロポロと欠けた。移動先で車から運び降ろそうとした時には、大きな欠片(かけら)が取れた。

運搬人が像の内部を覗(のぞ)き込むと、何かが光って見えた。そこで外側を全部外して見た。すると、中から高価な金の仏像が出て来た。何百年もの間、人々は外側の覆(おお)いを仏像と勘違いして拝んでいたのだった。


（真殿輝子『神のニックネーム』、一粒社、平成一二年）


人間は、内部に秘めている隠された価値に気づかず、自分をおおいつくしている外側がすべてだと勘違いして、あたかも、無価値な人間だと大きな勘違いをする方もいます。そんな時は、ぜひ一万円札を手に取って眺めて見ることをおすすめいたします。

一万円というお札は、沢山の人の手に渡って利用され、次第に新品ではなくなります。時たま、お札の角が切れそうな一万円札も回ってきます。

しかし、一万円札はどんなにボロボロになっても、しわくちゃになっても、一万円という本来的な「価値」を失うことはありません。札の表面は変化しても、なんら本質的な価値そのものは変わらないのです。

私は身近な若い人たちには、常々、「あなたが何かができるから」、「あなたが何かをしてくれるから」人間としての価値があるのではなく、「人間は、そのままの、ありのままの存在自体が素晴らしい」と伝えています。

誰であれ、どんな状態、どんな状況に置かれても、自分の存在というものが、大切な、とても価値ある、誰にも代えることのできない存在であることを忘れたり、自分で自分の価値を引き下げてほしくないと思っています。

第3章
〈いのち〉は愛されるためにある

【一輪のストーリー】

誰もが、無条件に愛されるべき存在であり、
すべての〈いのち〉を愛し、誰からも愛されるために、
この世に生まれてきたのです。
かぎりなく愛される存在、それがあなたです。
もし、あなたが愛し愛される理由を一つひとつ箇条書きに書いたとしたら、
重い一冊の分厚い本が完成することでしょう。
あなたは世界中の花を集めても足りないほど、
数え切れない、たくさんの愛につつまれているのです。

愛されないという「勘違い症候群」とは

誰もが、神にも人にも愛される対象です。すべてのいのちの誕生は、深く、豊かな愛と祝福に満ちているのです。

自分が、神の特別な配慮の対象であり、神にも人にも必要とされているのに、とても残念ながら、「私は誰からも愛されていない」、「私には、愛される資格などない」と悲しい勘違いをしている人と出会うことがあります。

私たち人間は、自分自身の思い込みで自分の能力を限定し、得手・不得手を決めて、〝自分はダメなんだ〟と、否定的、後退的な思考で自分のこころに「マイナスの暗示」をかけてしまうことがないでしょうか。一回でも、あるセルフ・イメージ（自己像）が完成してしまうと、そのイメージを大きく変えようとしても、なかなか簡単にはできないもののようです。

そのような否定的、後退的な思考が繰り返されることによって、マイナスの暗示がしだいに強まると、容易にいやされない深い傷となって、〝勘違い症候群〟の一団の団員になってしまいます。

この団員たちは、誰からも愛されないという「勘違い症候群」、誰からも認められないという「勘違い症候群」の重症の患者の集まりです。

そうなりますと、こころに暗闇が広がり、絶望感から、自分で自分の身体をみずから傷つけたり、明らかに精神的にも身体的にも有害とわかっていながら、薬物などに依存する場合もあるのです。

〝自分を愛していない〟という感情

「愛」とは、人生においてなくてはならないものです。

自分が誰からも愛されない、という勘違いほど、ひどいものはありません。愛されない人など、どこにもいないのです。本来的に、いのちは無条件に愛されるものです。

季節でいえば、〈春〉から〈夏〉の時期にあたる青年期に自分を愛することができず、自己否定の感情が続けば、いわゆる健全な「自尊感情」、「自己肯定感」が育たないことは、広く知られています。

さきほど、私は、人間は絶対的な神の手による愛の作品であり、神の創造による奇跡ともいえる作品であることを述べました。

誰もが、神からも、そしてすべての人から愛される対象なのです。

確かに、愛されないという勘違いをする人には、そのように考える理由（要因）があるはずです。

それは、物事がひどくうまくいかず、八方ふさがりになり、身近な周囲の人たちから冷たい視線をあびせられたからかもしれません。自分の悩みを理解し、分かち合ってくれる人がいないからかもしれません。雲の上に雲を重ねるように、悲哀を味わったからかもしれません。

しかし、それ以上に、自分自身が愛されていないと勘違いする根本原因は、「自分自身が自分を真にこころから愛しているかどうか」ということが問題です。

「自分が自分を愛していない？」などと考えたこともなかったかもしれません。しかし、愛されていないと強く思う人は、自分のこころの深い部分で自分自身を認めず、愛していないのではないか、と考えられます。

自分を愛せない人は、過去の落ち度や失敗にとらわれて、いつまでも悲しみがいやされず、自分の欠点や短所ばかりを数えていることが多いようです。

実は、このことについて、私自身が実際に経験しています。

長い教員生活の中で、学業や成績、就職活動、友人関係、サークル活動、時には恋愛相談まで、いろいろな悩みをかかえた学生たちの相談に応じる機会が多くありました。ほとんどの場合、学生たちの話しの聞き役です。

問題がひとつではなく、複数の問題がからんでいる時は、まず、複雑にからみあっている問題を整理し、どの問題が一番大きな問題かをはっきりさせたうえで、解決しなければならない優先順位の高い問題から考えていくように伝えます。

就職活動などで、行き先を決めかねている場合は、「君が、自分の人生の中で、最も大切にしたいと思うものは何か」を考えて行動しなさいと、学生たちに問題への対応の姿勢を示します。

教員としての最後のアドバイスは、私の愛読書に書かれている名言を一言二言そえて、笑顔で問題解決の対処方法を伝えるだけでしたが、それでも、ほとんどの場合、学生たちは何か悩みの解決の糸口を見つけたようです。「また、相談にきます」と笑顔を見せながら研究室を出る学生たちに、私もホッと一息したものです。

しかし、それでもなかなか解決の糸口が見いだせず、切実で深刻な問題をかかえた学生に対しては、対話の後半あたりで、

〝ところで、君は自分を愛してる？〟


と、学生の目を見すえて、真顔で尋ねてみます。

とつぜん尋ねられた学生は、私の思いがけない質問に、一瞬、たじろぎます。それもそうでしょう。それまでニコニコと笑顔で話していた教員が、いきなり真剣な真顔になって、これまで尋ねられたこともない言葉の質問を受けたのです。

しかし、その回答は、ほとんどの場合、「愛していません」とか、「少ししか愛せませんというものでした。時には、涙さえ流しながら、ポツポツと話す学生の話しの内容を聞きながら、深い悩みの核心は〝自分を愛せない〟ことにあると思ったのです。

もちろん、私の経験の範囲内のことですから、このことをもって、すべてのケースに適応すべきではありませんが、学生との実際のやり取りから知れたことは、人間の悩みの根

底に、〝飾(かざ)ることのない、ありのままの自分を愛していない〟という感情がひそんでいるのではないかと考えています。

自分を愛するための第一歩は、まず、自分の頭の記憶から、消しゴムで消してしまいたいような過去のみじめな出来事を本当にきれいさっぱりと消してしまい、その頭の記憶の空間に、些細(ささい)な成功でも喜びでも結構ですから、たくさん数えて、どんどん詰め込むことです。誰にも、涙する成功があり、〝ハレ〟の時があるはずです。

人は愛されるために生まれてきた

誰もが、この世に、無条件に愛されるために生まれてきたのです。

「あなたは、愛されるために生まれてきた」という表現は、なんだか胸がワクワクする表現ですが、まぎれもない本当の事実と断言できます。

こころに差し込み、私たちを幸せに包む光の輝きが愛なのです。真実な「愛」がなければ、実り豊かな人生も、こころおだやかな生活を過ごすこともむずかしくなります。

生前、多方面で活躍した医師・日野原重明氏の著作『愛とゆるし』（教文館、平成二二年）の中で、次の武者小路実篤の一節を紹介しています。

土地から水分をとればさばくになるようなものだ
人生から愛をひけば何が残る
一から一ひけば零（ゼロ）である

ドイツの詩人・劇作家だったシラーは、「愛の光なき人生は、無意味である」という言葉を言い残しましたが、誰からも愛されることのない人生、誰をも愛することのない人生ほど、人間にとって悲しく、わびしく、不幸なことはないでしょう。

人間は、すべての人から愛される存在であり、やさしく、いつくしみを受ける対象です。真の深い愛につつまれ、支えられて生きる人は幸いです。

皆さんの誰もがその愛を受ける対象なのです。

今日では、猫や犬といったペットをかわいがる人の数は増加したといわれていますが、この世に、人間ほど愛されるべき存在はいないといってよいでしょう。

小学校の代用教員などを勤めながら、活発な創作活動を続け、三〇歳でその生涯を閉じた新美南吉の童話に、『手ぶくろを買いに』（偕成社、平成元年）という作品がありますので、少しだけ紹介いたしましょう。

この作品の主人公は、森の洞くつの中に住んでいる母狐と子狐です。冷たい雪で赤くなった子狐の手を見て、母狐は、毛糸の手袋を買ってやろうとするのです。

ある夜、母狐が子狐の片手を人の手に変え、お金をにぎらせて、町へ送りだします。ところが、子狐は、間違って人の手に変えていないもう一方の狐の手を出して、町の帽子屋さんに「このお手々にちょうどいい手袋ください」と言ってしまいますが、町の帽子屋さんは、狐が手袋を買いに来たと気づきつつも、子狐に手袋を与えるのです。

そして、子狐の帰りを心配して待っていた母狐と再会して、次のような会話がかわされます。

「母ちゃん、人間ってちっとも怖かないや。」

「どうして?」

「坊、間違えてほんとうのお手々出しちゃったの。でも帽子屋さん、掴まえやしなかったもの。ちゃんとこんないい暖かい手袋くれたもの。」

と言って手袋のはまった両手をパンパンやって見せました。

お母さん狐は、「まあ！」とあきれましたが、「ほんとうに人間はいいものかしら、ほんとうに人間はいいものかしら。」とつぶやきました。


この新美南吉の『手ぶくろを買いに』という童話は、この会話で終わりますが、「人間とは善なる存在であってほしい」という新美の思いを、母狐の言葉をかりて私たちに問いかけているようにもとれる作品ですし、母狐の子狐に対する愛の深さにも感動する名作といえる作品です。

人は愛を受けるために存在している

すべての人は、愛されるために生まれ、愛を受けるために存在しています。

アメリカの作家で短編の名手ともいわれるオー・ヘンリの傑作のなかに、「賢者（けんじゃ）の贈りもの」という大変よく知られた作品があります。

ジムとデラという、若く、しかしながら貧しい夫婦が主人公の心温まる名作です。

明日がクリスマスということで、若い奥さんのデラが、愛するご主人のジムに素晴らしいプレゼントをしたいと考えますが、デラの手もとにはわずかなお金（一ドル八七セント）しかありません。そこで、クリスマスの当日、デラは、美しい自分の髪の毛を売ってお金をつくります。

ご主人のジムは、父親からゆずり受けた自慢の金時計をもっていましたが、その金時計には時計くさりがありませんでした。そこで、上品なデザインのプラチナの時計くさりを見つけ、このくさりをご主人にプレゼントしようと考えます。自分の髪の毛を売ったお金は、このくさりの購入資金として消えてしまいます。

そして夜。ジムが帰ってきます。ジムもまた、愛する奥さんのデラのために、クリスマスプレゼントを買ってきていたのです。

しかし、そのプレゼントとは、なんとデラの美しい髪の毛にさすとびきり高価な櫛（くし）だったのです。しかも、その櫛を購入するお金は、ご主人の自慢の金時計を売ってつくったものでした。

オー・ヘンリは、この作品の最後を次のように結んでいます。

ここに私は、わが家の一番大事な宝物を、最も賢くない方法で、たがいに犠牲にした、アパートに住む二人の愚かな幼稚な人たちの、なんの変哲もないお話しを不十分ながら申しあげたわけである。だが、最後に一言、贈りものをするどんな人たちよりも、この二人こそ最も賢い人たちであったのだと、現代の賢明な人たちに向って言っておきたい。贈りものをあげたりもらったりする人びとの中で、この二人のような人たちこそ最も賢明なのである。どこにいようとも、彼らこそは賢者なのだ。

（『О・ヘンリ短編集（二）』、新潮文庫、昭和四一年）

お互いに、最も大切で、しかも唯一のもの、つまり、美しい髪の毛と父親からゆずり受けた自慢の金時計を売ってでも、プレゼントをするという行為は、まさしく、真実の深い愛なくしてできることではありません。

この作品は、愛という行為が、貧しさを越えて、人間にどれほどの幸せをもたらすかを教えるたいへんすばらしい作品だと思います。

このように、人は誰もが愛を受けるために存在しているのです。「あなたは一人ではない」という言葉は、事実なのです。自分の身近に、何人もの伴走者（ばんそうしゃ）がいるものです。

自分を愛しいつくしむ

もし、皆さんが、誰からも愛されないという「勘違い症候群」、誰からも認められないという「勘違い症候群」の患者かもしれないと思いましたら、自分の胸によく手をあてて考えてほしいと思います。

いつの間にか、自分のありのままの姿を受け入れることができず、自分で、誤った低いセルフ・イメージをつくってしまったために、愛を受けるに足る存在ではないと、勝手に思い込んでいるだけなのです。身体が健康なのに、こころをこわしてはいけません。

大切なことは、自分自身のことを自分で好きになり、いのちの続くかぎり、自分の人生の価値を認め、自分自身をいつくしむことです。それは、とても重要なことです。

「自分を愛し、自分をいつくしむ」と言いますと、それは〝自己中心的な考え方〟ではないかと、多少なりとも、違和感を持たれる方がおられるかもしれませんが、利己的でない健全な考えで〈自分自身を愛すること〉は、決して〝悪いこと〟でも、〝自己中心的な考え方〟でもありません。

なぜなら、飾らない自分を愛することを知らない人が、どうして、自分と関わる身近な人たち、そして多くの他者を愛することができるでしょうか。それは、たとえば、自転車に乗れない人は、他の人に自転車の乗り方を教えられませんし、包丁を握ったこともない人は他の人に料理を教えることができないのと同じです。

偽りのない自分を愛することができるからこそ、身近な人たち、そして多くの他者をそのまま愛することができ、愛し方を伝えることもできるのです。

人間の謙虚で、健全な自己の承認、自己愛を否定すべきではありません。

「私は信じます。人生は、私たちが愛を通して成長するためにあるのです」とヘレン・ケラーは言い残しています。

あわれみに満ちた、やさしい、なごやかな、うるわしいこころが編み出す深い深い愛情は、まず自分自身に、そして身近な人たちに向けられるべきものです。

愛には「力」があります。

すなわち、皆さんが、苦しみや困難に直面した時に愛はその強さをいかんなく発揮します。人をなぐさめ、人をいたわり、苦しみや困難から解き放ちます。それはまるで、こころをいやすオルゴールの美しい音色に似ています。

どんな逆境も跳ね返し、もう一度しっかりと立ちあがらせ、おそれを乗り切る強い力が愛だと言えます。

自分が「愛する」天才になる

愛することにおいて、誰もがその天才になるべきです。

人間は、誰もが「愛を埋蔵した鉱山」と同じではないでしょうか。その愛を掘り起こして使うのは、誰でもない、自分自身なのです。

「人が天からこころをさずかっているのは、愛するためである」とフランスの古い詩人・ボワローは言い残しています。

ある研究者が、現代では、人に愛されたいと思う人は数多いが、人を愛そうとする人は少ない。現代の社会が生きにくいのは、この愛の供給と受給のアンバランスが大きな原因になっている、と説明しています。

なかなか興味深い説明だと思います。誰もが、もっともっとたくさんの人に愛されたい、かわいがられたいと思ったら、まず、先に、本当の自分を隠さず自分自身がたくさんの人を愛し、たくさんの人と喜びを分かちあうことが必要です。

自分の大切な一つだけのいのちを何に、どのように使うかを考えてみた時、私は「愛し愛され、他人のいのちを守ること」ではないかと考えています。

ルーマニアで本当にあったことを基にして書かれた『ちいさなリース』（さかもとふぁみ著、いのちのことば社、平成一二年）という絵本があります。

むかし、ある国に、自分は世界で一番えらいと思っている、とてもおそろしいカロルという将軍がおりました。このカロル将軍は、自分の気にくわない人びとを探し出しては、牢屋に投げこんでしまうのです。

ある日のこと、カロル将軍が家に帰ると、家の門の前に小さな花のリースがかざってあります。

最初は、この花のリースを足でふんづけていましたが、それでも、毎日毎日、家の門の前に小さな花のリースがかざってあります。そこで、ある日、だれがこのようなことをするのかを突き止めようとこっそりかくれて見ていると、小さな女の子がやってきます。

カロル将軍は、この女の子をつかまえ、どうしてこのようなことをするのかを問いただすのです。

実は、この女の子の両親は、カロル将軍につかまって死んでしまい、カロル将軍を大きらいに思っていたのですが、両親が、生きていた時に言っていた「あなたの敵を愛しなさい」という言葉を思い出して、許してあげようと思い立ち、カロル将軍の家の門の前に小さな花のリースをかざっていたのでした。

カロル将軍は、この話しを聞いた夜、涙を流しながら泣き叫び、決心するのです。

「おれは、今までみんなを苦しめてきた。これからは人をしあわせにするために生きよう。やさしい人間になろう」と決心するのです。

それからまもなく、カロル将軍は、みんなから「カロルさん」としたわれるようになり、この国は、とても平和で幸せな国になったという、ストーリーです。

最もよく知られ、また、私たちの会話の中でもしばしば引用される言葉に、「あなたの隣人をあなた自身のように愛しなさい」という言葉があります。

この言葉が、『聖書』の中の聖句の一節であることを知らない方もおられますが、この言葉自体を知らない方はほとんどいませんし、否定する方も見たことがありません。

この言葉は、「隣人愛」を説く内容ですが、表現を肯定的に言いなおせば、「誰でも、自分にしてほしいことを隣人にもおしみなくしなさい」となり、否定的に表現すれば、「誰でも、自分にしてほしくないことは、決して隣人にしてはならない」という内容としてとらえることができます。

私は、「あなたの隣人をあなた自身のように愛しなさい」という言葉から、「あなたが飾ることのない自分自身をこころから愛せるようになった時、あなたの愛をそのまま隣人に向けてプレゼントしなさい」とお伝えしたいと思います。

いつも、身近な隣人に愛を与え続ける〈生〉を生きたいと願っています。その愛の連鎖が広がれば、明日を光り輝いて生きることができると思います。

「まず相手を愛し、それから愛される。これ以上すばらしいものは人生にはない。なぜなら、愛は人間が経験できることのなかで最高のものだからである」と指摘したのは、『葉っぱのフレディ―いのちの旅―』の著者として、日本でもよく知られているアメリカ人のレオ・バスカリアです。悲しみに沈(しず)んでいる人を、高く引きあげましょう。

　自分が大好きな、とっておきの花をリボンで結び、身近な人にプレゼントした時の喜びは、いつまでも忘れられないでしょう。花をプレゼントされた方は、その何倍も嬉しいのです。

　どんな時も、精一杯に「愛し続ける」こと、そして、共に生きる一人ひとりのいのちをそのままに受け入れ、ラビング・イーチ・アザー（互いに愛すること）が大切だと思うのです。

第4章
こころを豊かに生き続ける

【一輪のストーリー】

人は死ぬまで生きるのですから、
いつも、こころを豊かに喜びのうちに
光り輝きながら生き続けたいという願いを持つことが必要です。
誰もが幸せになる義務があります。
最高の幸せはあなたのものです。
幸せの主人公はあなたなのです。
断じて、みずから幸せを放棄(ほうき)してはいけません。
真昼よりも輝く自分の存在を誇りに思うことです。
誇りをもって強く生きてほしいものです。
誇りはあなたに勇気と希望を与えてくれます。

誰もが幸せを求めて生きている

決して、不幸を耕して（たがや）はなりません。

実り豊かな人生を送るためには、幸せを求め続ける必要があります。

自分が幸福になれば、他者にも幸福を分け与えることもできるのです。

ユダヤ系ドイツ人で、昭和二〇年三月にベルゲン・ベルゼン収容所でいのちを落とした『アンネの日記』の作者アンネ・フランクは、次の言葉を残しています。


だれもが幸福になりたいという目的を持って生きています。生き方はそれぞれ違っても目的はみな同じなのです。

また、『戦争と平和』や『アンナ・カレーニナ』などの作品で世界的に知られ、文学・政治・社会などに大きな影響を与えた著名なロシアの文豪レフ・トルストイは、みずからの著書『人生論』（社会思想社、昭和四一年）の中で、次のようにしるしています。

生命とは、幸福になろうとする欲求である。幸福になろうとする欲求こそが、生命である。すべての人が生命をこのように理解してきたし、いまも理解しているし、これからもずっとこのように理解するであろう。したがって人間の生命とは、人間の幸福を得ようとする欲求であり、人間の幸福を得ようとする欲求が、人間の生命である。

最初に、日本でもよく知られた著名な人たちの言葉を見てみましたが、「幸福」という言葉は、「愛」、「夢」、「希望」という興味深い言葉と同じように、私たちが日常的に用いている幾つかの言葉と比較しても、圧倒的に魅力を秘めた言葉と言ってよいでしょう。

私たち人間は、誰しも、この地上の生涯において、なんらえるものもなく、なんの希望も目的もなしにただ生きているだけではなく、ゆるぎない本当の幸福、〝幸せに満ちた生涯〟を求めてやまないはずです。

それはまた、かりに、他人の評価や評判で決まるものではありませんし、どんなに人の評価や社会的な評価が高いとしても、自分自身に喜びや平安がなければ、本当の幸福とはいえません。

星野富弘氏という名をご存じの方は多いと思います。群馬県出身の星野氏は、昭和二一年生まれですから、もう、七〇歳の半ばです。星野氏は、大学を卒業後、体育教師になりますが、その二ヶ月後に、クラブ活動の指導中にあやまって墜落し、首から下の運動機能を失ってしまいます。星野氏が二四歳の時でした。その後、自由になる口に筆をくわえて絵や詩を描き、現在でも感動的な作品を描いています。

この星野氏の著書『星野富広　ことばの雫（しずく）』（いのちのことば社、平成二〇年）の中に、次のような文章がのっています。

私は悲しい心をもって生まれてしまったものだと思った。
周囲の人が不幸になったとき自分が幸福だと思い、
他人が幸福になれば自分が不幸になってしまう。
自分は少しも変わらないのに、幸福になったり
不幸になったりしてしまう。
周囲に左右されない本当の幸福はないのだろうか。

誰もが、幸福をこころから望みながら生き、毎日、本当の幸せを感じ、喜びに満たされながら生きたいと願っているにもかかわらず、人の評価や社会的な評価を受けたいがために、真の幸福を犠牲にしている場合があるかもしれません。しかし、それは、冷静に考えれば、たいへんむなしい生き方であることは明らかです。

一生、不幸で涙の生涯を送らなければならないとしたら、人間の人生とは、なんとむなしく悲しいことだとは思いませんか。

幸せになることは「権利」ではなく「義務」

幸せのうちに生き続けることを願うのは当然です。

言葉を変えれば、人間は誰しも、幸せになる「権利」があるということです。しかし、私は違います。人間は、誰しも、幸せになる「権利」とともに、「義務」があると言いたいのです。

『宝島』や『ジキル博士とハイド氏』などで知られる有名なイギリスの小説家・冒険小説

作家・詩人のロバート・ルイス・スティーヴンソンは、

　幸福になる義務ほど、過小評価されている義務はない

という深い言葉を残しました。

　私たち人間は、どのような状態であれ、どのような境遇にあっても、精一杯に、「生きる」、「幸せに生き続ける」という人生の課題にいどみながら歩む時、一人ひとりの生き方はことなるにせよ、その人の生き方は、何物にも代えがたい輝きをもった〈いのち〉の表現であることには変わりないといえます。

　そして、スティーヴンソンの言葉のように、誰もが真の幸福になることは、「権利」ではなく、「義務」なのです。

　この世の中に、「この人間は幸福でいい」とか、「この人間は不幸でいい」ということを定めることはできません。神もまた、すべての人間を幸せにしようと、いつも考えていることでしょう。

人生は他人と競争するためではない

最近は、あまり聞くことはありませんが、かなり以前には、「人生は戦いであり、いつも、戦いの人生が展開されている」と言ういさましい言葉を耳にすることがありました。しかし、江戸に二六〇年の基礎を築いた徳川家康は、「人の一生は、重い荷物を負て、遠き道をゆくがごとし。いそぐべからず、不自由を常と思えば不足なし」といういたいへん有名な名言を残しています。

この名言を読んで、強大な権力者としての徳川家康がいつも幸福な人生であったとは言いがたいものがあります。

ローマ皇帝であったガイウス・ユリウス・カエサル（英語読みでは、ジュリアス・シーザー）はどうでしょうか。彼は、紀元前四四年にローマ元老院議場内で暗殺されてしまいました。エジプト王朝の女王クレオパトラも自殺したと伝えられ、その死によって長きにわたるエジプト王朝も終わりをとげました。

古代イスラエル（イスラエル王国）の第三代の王であるソロモンは、知恵者のシンボルともなるほどの知恵者中の知恵者と称され、イスラエル王国の強大な繁栄に大きな役割を果たし、莫大な富と知恵を手にした王様ですが、ソロモンみずからが「確かに、私は人間の中でも最も愚(おろ)かで、私には人間の悟(さと)りがない」と述べています。

イソップ物語の「うさぎとかめ」のお話しは、たとえ能力のおとったものでも、たゆまない努力をおこたらなければ、最後に良い結果を生むことを教えているお話しです。

私は、この「うさぎとかめ」のお話しをすこし別の視点から考えたいと思います。もし、かめが、眠っていたうさぎを起こしていたら、どんな結末になっていたのだろうかと思うのです。

かめが、眠っていたうさぎに声をかけて起こしていたら、うさぎがかめに自慢したことを深く反省し、かめの純粋なこころを尊敬して、「かめさん。競争などやめて、一緒にゴールしましょう！」と、なかよく、ゴールインしたのではないかと考えるのです。

また、同じくイソップ物語の中に「ずるいきつね」というお話しもあります。

ネコと犬がご馳走を取りあってけんかをはじめます。ネコと犬は、お互いにご馳走をつかんではなそうとしません。そこへきつねがとおりかかります。

きつねは、ネコと犬の言いぶんを聞くと、では、ちょうど半分ずつに私が分けてあげるから、ハカリを持ってくるようにと言うのです。

そこで、ネコがハカリを持ってくると、きつねがご馳走を二つに分けてハカリにのせますが、「右の方が重い」、「今度は、左の方が重い」と言いつつ、右と左のご馳走を少しずつちぎって食べていきます。

そのうちご馳走はどんどん小さくなり、とうとう、きつねにぜんぶ食べられてしまうのです。ネコと犬は、これを見て、「こんなことなら、けんかしないで、なかよく分ければ良かった」と言って残念そうにつぶやく、というお話しです。

この「ずるいきつね」のお話しからもわかるように、競争心をむき出しにするよりも、お互いが仲良く過ごすほうが、どれほど良いことかがわかります。つまり、過剰な競争心などを持たないほうが、よほど幸せに生活できるのです。

アメリカ人の人気作家であったオグ・マンディーノは、「ねたみ深い人には背をむけることです。ねたみや悪意にはげしく応酬するのはやめます。敵にいかりの炎（ほのお）を燃えあがらせるのは、ネズミを一匹退治するために家を焼くようなものです」と警告しています。

このように考えますと、自己と他者を高めることのない「競争」という、はかないことに、大半の人生を費やすことなく、競争からすっかり手を引き、競争の舞台から降りることのほうが賢明な生き方です。

健全とは言えない競争よりは、まったく別の分野や領域へ新たにチャレンジし、自分の道を切り開いていくほうが、よほど幸せなことだと思います。

絶対に、絶望してはならないのです。

幸せを選択する

たとえば、オリンピックに出場した選手が銅メダルを獲得したとしましょう。

彼は、これまでの苦しい毎日の練習を振り返り、銅メダルを受けたことがうれしくてたまらず、また自分を応援してくれた家族・友人・知人たちに感謝して喜びの涙を流したとします。

一方、銀メダルを獲得した選手は、「自分は金メダルを獲得する実力があったのに、調子が悪くて金メダルをもらいそこねた」と不満をあらわに、しぶい顔でくやし涙を流したとします。

同じ流した涙でも、まったく意味の違った涙です。

もし、流した涙に色があるなら、明らかに色の違う涙になったことでしょう。銅メダルと銀メダルとでは、オリンピックの評価からいえば、明らかに銀メダルが上位です。しかしながら、選手の幸福観という観点から見れば、どうみても銅メダルを獲得した選手のほうが上位であることは明白です。

むろん、私は、どちらを選択してもよいとは思いますが、自分自身がこころから幸福観を味わいたいと考えたら、銅メダルを受けた選手を選択するでしょう。オリンピックの評価は評価として、大切なのは、自分自身がこころから満足できるかどうかです。

実り豊かな人生を過ごすために、人は幸せを選択すべきなのです。

人間の一生は短いと言いながらも、実感としては、かなり長く、またそうありたいものです。

現時点では若者でも、これから学校へ行き、社会に出て、定年退職を迎え、最後に老年期が待っています。長い人生を考えると、「勝った」、「負けた」というのは、一瞬の出来事にすぎません。

何をもって、勝ちか負けかは、はっきりしませんが、人間の一生において、勝ちばかりの人生もなければ、負けばかりの人生もないのです。

現代に生きるために必要なもの

現代に生きる私たちが、普通に日々の生活を送るうえで必要とするものがいくつかあります。

それは、個人差はありますが、思いつくものをあげますと、衣食住のほかに、お金、カード、パソコン、テレビ、スマートフォン、友人などでしょうか。そして、現代の社会で普通に生きていくために重要なものは、何といっても「情報」です。

情報がなくても、衣食住があれば身体を維持することは可能ですが、もはや「普通に」生活するには、相当な不便と不利益を覚悟しなければなりません。

「情報」という言葉を使いますと、第1章から目を通してこられた皆さんの中には、なぜ、ここで、「情報」なのかと不思議に思うかもしれません。

実は、私の研究上の専門領域は「社会情報学」という、学問の世界ではまだ新しい学問領域で、在職中は大学で情報学関連科目をいくつか担当していました。

大学のゼミ（学部・大学院）では、「高度情報社会の光と影」を中心テーマとして、「現代」という時代に生きている私たちにとって、どのような情報や情報メディアが人間の人生に幸福をもたらすのか、あるいはまた、複雑な現代の社会を生き抜くために、どのように情報や情報メディアを取り扱うべきなのか、といった内容について考察していました。

その成果は、いろいろとありましたが、私たち人間の「幸福感」のレベルの違いが、毎日、〝シャワー〟のように降り注ぐ「情報」への対応のあり方に大きく関係していることは明らかでした（興味のある方は、村上則夫著『社会情報入門―生きる力としての情報を考える―〔改訂版〕』、税務経理協会、令和三年をお読みください）。

ここでは、学問的な内容をお伝えするわけではありませんが、研究の成果を多少なりとも踏まえて、誰もが、実り豊かに生き続けるために必要な情報への対応についてお伝えしたいと思います。

幸せをさまたげる要因

ある時、小さな冊子を読んでいたところ、「人が見聞きする情報のうち、何％が前向きで、何％が否定的だろうか」という調査がアメリカのシカゴで行われたという短い記述を目にしました。

「前向き」とは、「プラスの情報」（＝幸福をもたらす情報）を意味し、「否定的」とは「マイナスの情報」（＝悲観的な情報）を意味していると考えられます。

それによれば、結果的に、前向きの情報は全体のわずか一〇％で、九〇％は否定的な情報であったということです。

言いかえますと、毎日、大量の情報が〝シャワー〟のように降りそそいでいるにもかかわらず、私たちの人生にとって、本当に必要な情報は少なく、人間に幸福をもたらさない情報が過剰なまでに社会を流れている、と考えることができます。

それは、私たちの身体にとって食事は重要ですが、限度をわきまえずに食べ過ぎたり、極端にかたよった栄養の過剰摂取がもとで、身体の不調をまねくのに似ています。

私たちは、ごく身近な人たちや信頼できる情報メディアからマイナスの情報、たとえば、傷害・窃盗事件、殺人事件、自殺、リストラおよび事故といった情報を日々の生活の中で頻繁に耳にしていると、それを聞く人間の社会観や人生観に少なからず影響を与えることが明らかになっています。このような影響は、大人よりも、むしろ若い人たちに与える影響が大きいと考えてよいでしょう。

もしかすると、昔も、同じように社会的状況が繰り広げられていたかもしれませんが、今日ほど情報メディアが発達し普及していなかったために、それほどマイナス情報を耳にする機会も多くなかったように思えるのです。

しかし、現代では、ノートパソコン、携帯電話およびスマートフォンやタブレット（タブレット端末）など多彩な情報メディアを常に携帯し、さまざまな情報が瞬時に、しかも詳細に手に入る状況にあります。

たとえば、植物にとって必要不可欠とはいえ、水や肥料の与え過ぎが原因で草花の生育に悪影響を与え、ついには枯らしてしまうことは日常的に経験していることです。

否定的な要因を引き寄せない

「情報」は、社会を生き抜く力となります。

しかし、その利用の方法や対応次第では、鋭い刃物と同じように、人を殺す凶器ともなりえます。私たちの幸せをさまたげる要因ともなるのです。

そこで、人生を実り豊かに生き続けるヒントとして、おすすめしたいことが二つあります。

まず、一つ目です。人生には、三つの「坂」があると言う方がいます。

それは、「上り坂」と「下り坂」、そして、「まさか」という「さか」だそうです。「上り坂」と「下り坂」は、あえて説明する必要もありませんが、「まさか」という「さか」といえば、普通は、突然の不幸や出来事が起きた時に口に出す言葉です。

したがって、何度も何度も、「まさか」という否定的な要因のことばかりを考えたり、口に出していると、本当に最悪な「まさか」の事態を〈まねき寄せ〉てしまいます。

ここで言う否定的な要因とは、「マイナスの情報」のことを指しています。

また、自分の感情が低調だったり、否定的な感情にばかりとらわれていると、プラスの情報よりもマイナスの情報ばかりを目にするという経験をお持ちだと思います。そして、ひとつのマイナスの情報がつぎつぎにマイナスの情報をグルグルと生み出し、雪だるまのようにふくらませていきます。

人間の行動の多くは、手に入れた情報によってなんらかの影響を受け、そしてまた、情報は連鎖を生み出す性質を持っているのです。このような状態は、決して私たちに幸福観をもたらしません。

先ほど、〈まねき寄せる〉という言葉をつかいました。

広辞苑（第七版）に、まねき寄せることの意味がしるしています。それによりますと、「まねいて、来させる。近くに引き寄せる。呼び寄せる」とあります。

似たもの同士が自然と寄り集まることを「類は友を呼ぶ」と言いますし、同じような意味をもつ言葉に、「類を以て集まる」（善悪にかかわらず、似かよったもの同士が自然に集まる）という言葉もあります。これらの言葉は、当然、事実としてあるからこそ言葉も生まれ、言葉がすたれることなく、普通のこととして、今日に伝えられているのではないでしょうか。

ですから、私は、人間が、何度も何度も同じことを頭で考えたこと、あるいは、それを実際に言葉として口に出していると、自然に、その事柄をみずからが「まねいて、来させ」たり、「近くに引き寄せ」たり、「呼び寄せる」のではないかと考えています。言葉によって、自分に好ましくないことをまねき寄せることもあれば、逆に、きわめて大きな幸福を呼び寄せるということも可能だと思っています。

実り豊かな人生を過ごすためにも、肯定的な出来事に関心と興味を寄せて、意識的にマイナスの情報を排除し、できるだけプラスの情報を意識的に取り入れるようにしてほしいと思います。

勇気をもってあっさりと捨てる

次に、二つ目です。今日の〝情報の森〟のデコボコ道につまずかず、しっかりと歩くために必要な最良の方法は、玉石混淆（ぎょくせきこんこう）の情報の中から、より正確で有益な情報を選択し判断し、それを有効に利活用することです。

古くてもはや価値のない物、たとえば、小さくなった洋服やはけなくなった靴、使わないバッグやネクタイ、利用しない花瓶や空箱など、場所だけをとって人生に意味をもたらしそうにない物でも、思い切って捨てることができず、自宅の押し入れにすべてをため込んでいる人たちも多いと聞くことがあります。

いわゆる、「断捨離(だんしゃり)」(=不要で不快なモノを断じ、不要なモノを捨て、さらにモノの執着から離れ、スッキリとした気分で過ごすことといえましょうか)がとても苦手な人たちのことです。

ところが、それは物だけではなく、「情報」もなかなか捨てきれない人は多く、しかも、自分でもそのことを承知しながらも、えり分けの作業に入ることができないのです。

おそらく、ゴミ屋敷のように、とりあえず、いろいろな情報を集めたり、身近に情報をため込んでいると、一種の安心感のような感情がうまれるからでしょう。

しかし、物を捨てずに足もとにためておけば、かえって自分の足がとられて、歩けなくなり、みずからの生活に支障をきたすのと同じように、情報も捨てなければ、多くの情報にまどわされるだけで、かえって、こころの平安を失いかねません。

本当に価値ある情報を得るには、多くの余計な情報とも出会わなくてはならないのも事実ですが、やはり、私たち一人ひとりが、いつでも、しっかりとした情報の選択意志を持ち、情報を見極め、有益でない情報は勇気をもってあっさり捨てる必要があります。

苦難を乗り越えて生きる

何があっても、こころを折ってはなりません。

私は、これまで、人生において困難や苦難をまったく経験しなかったという人と出会ったことがありません。

何かの本で、人は誕生から死ぬまで、誰もが幸せだけの生涯を送ることはない、という言葉と出会ったことがあります。しかし、それを乗り越えて、実り豊かな人生を手に入れた人は、数多く知られています。

あるアメリカ人の男性のことをお伝えしましょう。

この男性は、アメリカのケンタッキー州の田舎の丸太小屋に生まれ、九歳の時に実の母のナンシー・ハンクスを病気（「ミルク病」に感染）で亡くします。

二三歳の時に、イリノイ州議会選挙に立候補しますが、落選してしまいます。また、友人と二人で雑貨店を開店しますが、一年もしないうちに経営にゆきづまり、多額の借金をしょいこみます。

二五歳の時に、再度、イリノイ州議会選挙に立候補して当選し（のち、三選され、八年間州議会での生活を送ります）、翌年の二六歳の年に、アン・ルートレッジという娘さんを愛して婚約するばかりになっていましたが、その彼女が熱病で急死して、彼はこころに深い深い痛手をおってしまいます。

三七歳の時、国会議員候補者に選ばれ当選します。四六歳の時には、上院議員選挙に立候補して落選し、翌年の四七歳の時に、副大統領指名に立候補しますが、これも相手に敗れています。

四九歳の時には、上院議員候補者となりますが、これもまた敗北しています。

しかし、彼が五一歳の時に、シカゴで開かれた共和党全国大会で共和党の正式な大統領候補に指名され、同じ年の一一月六日、ついに大統領に選出されるのです。

この男性こそ、アメリカ国民に最も愛された大統領として知られる第一六代アメリカ大統領エイブラハム・リンカーンその人なのです。

また、「交響曲第九番」を知らない人はいないでしょう。

日本では、この交響曲をしたしみを込めて「第九（だいく）」とも呼びますが、これを作曲したドイツの作曲家であるルートヴィヒ・ヴァン・ベートーヴェンの生涯は、彼の絶大な名声もさることながら、その人生は、さまざまな肉体的苦痛と精神的苦痛による苦悩に満ちた人生としても知られています。

フランスの作家であるロマン・ロランの著作『ベートーヴェンの生涯』（岩波書店、昭和四〇年）を見るかぎり、苦悩を日ごとのパンとして味わった生涯ともいえそうです。「楽聖（がくせい）」とも呼ばれ、クラシック音楽史上、もっとも偉大な作曲家の一人とされるベートーヴェンは、二〇代の後半から耳鳴りや腹痛におそわれ、しだいに彼の聴覚がおとろえていったといいます。音楽家としては、死を意味するほどの致命的な病気です。画家が視力を失うのと同じことでしょう。

そののち、他人と筆談で語るよりほか仕方なく、四〇代の半ばには聴力を完全に失ってしまいます。

しかしながら、ベートーヴェンが「交響曲第九番」を完成させたのは、音楽家にとって大切な聴力を完全に失った後なのです。

「交響曲第九番」の初演は、ウィーンのケルントネル門劇場で行われましたが、この初演については、ベートーヴェン自身は失敗だったと思ったらしいという逸話があります。

ロマン・ロランの著作によれば、ベートーヴェンは完全に聴力を失ったために、彼に喝采（かっさい）をあびせた会場全体の雷鳴（らいめい）のようなとどろきが少しも聞こえなかったといいます。それを見かねた歌唱者の女性の一人が彼の手をとって聴衆のほうへ身体をむけさせるまで、彼は、まったくそのことに気づきさえしなかったということです。

ベートーヴェンは、聴衆のほうにふり向いた時、帽子をふり、拍手しながら席を立ちあがっている聴衆を目の前に見ることになったのです。そこではじめて、彼は聴衆の前に、深々と頭を下げたとのことです。

ここでは、試練や苦難に耐えた人物として、良く知られているリンカーンとベートーヴェンをあげてみました。

十分に伝えることはできませんでしたが、リンカーンは度重なる落選、愛する人たちの死によるわかれという苦難や困難にも屈（くつ）することなく、最後はアメリカ大統領となり、アメリカ国民に最も愛された大統領となり、現在でも多くのアメリカ人に敬愛されています。

ベートーヴェンは、その波らんに満ちた五六歳の生涯を閉じるまで、音楽という領域の枠にとどまらない人類の財産ともいうべき、あまりにも有名な曲を多く作りましたが、「交響曲第九番」をはじめとするすぐれた作品は、聴力を失ってから完成させています。

この二人は、後世に生きる私たちに、苦難を乗り越えての生き方を残し、また、生きる力強さにおいても、偉大な人物と言えるのではないかと思います。

すべての出来事は実り豊かな人生のためのギフト

最後に、かなり以前のことですが、ある近所のご夫人からお聞きしたことを紹介しましょう。

そのご夫人は、たいへんやさしい性格の持ち主で、お花の好きな方でした。ご自宅にたくさんの花を育て、いつも手入れが行き届いておられるようでした。そのご夫人のお花の話しをする時の表情がなんともいえません。

ある時、育てていた花の一つがだんだんと元気を失い、このままでは枯れてしまうと思ったそうです。そこで、肥料をやったり、水をやったり、あるいは、花をおく場所を変えたりと、いつもよりも丹念に手入れをされたそうですが、いっこうに元気を回復しなかったそうです。

そこで、このご夫人は、思い切って鉢から花を出し、鉢いっぱいにからまった複雑な根をだいたんに、しかも丹念に切り、ひとまわり大きい鉢に新しい土を入れて花を戻しておいたそうです。

そうしましたところ、数週間後には、以前よりも生き生きと元気を回復し、以前よりも多くの花びらをつけるようになったとのことでした。

私たちは、実り豊かで、幸せな生活を過ごすために、時には根を切られる、すなわち、苦難や困難が与えられるということを経験させられます。

しかも、それは、突然かもしれません。

それが、いつまでも続くように思えるかもしれませんが、結局は、すべては幸せになるために起こったことと考えることはできないでしょうか。

日本語の文章には、ひらがな、カタカナ、漢字などいろいろな文字や数字などがあり、また、そこに句読点（くとうてん）＝句点（。）や読点（、）があります。

日本語の文章は、必要なところに、幾つかの句読点があるからこそ、文章の意味もとりやすく、内容の理解も進みます。

このことを長い人生にあてはめると、人生の場面ごとで、スムーズに思い通りに物事が進む時もあれば、句点や読点が打たれて、すんなりと前進できない時もあるということです。しかし、この起伏のある変化に富んでこそ、人としての人生も豊かで味わい深い、魅力的な〝かおり〟を放(はな)つことになるといえるのです。

人は、苦難や困難を通して、美しい花を咲かせることができる強い「力」を誰もが持っています。

「月の雫(しずく)」とも、「人魚の涙」とも形容される真珠は、貝の体内で生成される宝石ですが、貝の内側に小さな砂粒などの異物が入り込むと、炭酸カルシウムを分泌する「外套膜(がいとうまく)」が長い時間をかけて異物を幾重にも包み、それが層となり丸くなったものです。言いかえれば、「痛みを輝きにかえた結晶」が真珠の姿です。

人間の人生も、真珠と同じです。

生まれながらに、「不運」を背負った人間はこの世に一人もいないのです。

絶望的な苦難が続いて、いつの間にか不幸が自分にかせられた宿命だと考えているとしたら、そのような考え方は、まったくの誤りと言えるでしょう。自分が、勝手に自分自身に納得させているだけで、真実とはまったくかけ離れているのです。

ですから、ややくだけた表現を用いれば、「不幸になる」といったメモか、ノートでも持っていましたら、今すぐに、クチャクチャにまるめてゴミ箱に入れるか、明日の朝、燃えるゴミとして外に出すべきでしょう。

そのかわり、日々の小さな幸せを拾い集めて、「宝石箱」に入れるほうがよほど賢明です。

人生に起きるすべての出来事は、実り豊かな人生を過ごすための神様からのギフトなのです。

第5章
「老い」という後半の人生を輝く

【一輪のストーリー】

「老い」とは、本当の自分と出会う珠玉（しゅぎょく）の時です。
数多くの人たちと幸福を分かち合い、全身で幸せを感じることができれば、
誰もが「この世に生まれ、生きていてよかった」と
こころから喜ぶことができます。
そのためにも、あなた自身の生きる人生の意味に気づき、
後半の人生を柔軟に、よりていねいに、
より光り輝いて歩む必要があります。
聡明なあなたなら、それができるのです。

「老い」という新たなスタート

「老い」と「長寿」は、昔から神の祝福だと言われています。

早春の満開の桜や真夏の夜に打ち上げられる花火、優れた文学や数々の芸術作品には感動します。しかし、人間のみごとな生き方や出来事に、魂がふるえたつほどの感動から、こころが揺り動かされた経験は誰にもあろうかと思います。

人生の後半から「老い」という領域に入るのは、誰でもない自分の〈生〉の完成に向けての新たなストーリーのスタート地点に立つことと考えたいものです。

そこには、人間のみごとな生き方や出来事に、魂がふるえたつほどの感動があるはずです。

森村誠一氏は、著書『老いる意味』（中央公論新社、令和三年）の中で次のように述べています。

最先端にいるというのは、未来に接続していながら、自分が耕した過去にもつながっていることだ。そういう最先端にいることを意識したとき、問われるのは「過去を見るか、未来を見るか」である。その選択によって、現在の自分がもっとも若いのか、もっとも年老いているのかが分かれる。

過去に目をむければ、いまの自分がいちばん年老いているが、未来に目をむければ、いまの自分がいちばん若いのである。まったく年齢には関係ない。


森村氏の見識には、まったく頭がさがります。「老い」という新たなスタートは、未来に目を向ける考え方にほかなりません。

さて、本書の「はじめに」にしるしたとおり、日本では、令和七（二〇二五）年に、いわゆる「二〇二五年問題」が発生します。令和七年以降、団塊の世代が七五歳以上の後期高齢者となり、国民の四人に一人が七五歳以上という、これまで経験したことのない社会が到来します。

このような社会変化の中で、これからの人生をどう生きるか、また、前半の人生では考える余裕もなかった〈死〉について真剣に向きあい思索する、後半の人生を過ごす方も数多いと思います。

しかし、たとえ、どんなに老いたからといって、望んでいる幸せからこぼれ落ちるようなことがあってはなりません。

そこで、本書の後半部分からは、後半の人生（後半生）を中心テーマとして、季節的には、〈秋〉から〈冬〉の季節について考えてみたいと思います。

老いるということ

「そんな年で……」の次には、肯定的で利他の心への賞賛の言葉も入れば、否定的でまゆをひそめたくなるような言葉もはいります。

それは、まるで鉄道の路線レールの切り替え（分岐（ぶんき））にも似ていますが、やはり、肯定的で、愛のうちに利他の心をもって過ごしたいものと誰もが考えるでしょう。

ある時、なにげなしに、ある高齢な方のエッセイを読んでいたのですが、そこには、〝「死」の覚悟よりも、「老い」の覚悟のほうが、はるかに難しい〟という文言がしるされていました。

私たち人間は、突然の事故や突発的な災害、犯罪の犠牲、あるいは、みずからの病気や自殺などで死に至らなければ、誰であろうと、一年ごとに年齢を重ね、しだいに「老い」ていくことになります。見た目はどんなに若く見られようと、年齢相応に見られようと、そしてまた、身体の老化を遅らせるためにあらゆる手段をつくしても、静かに、そして、毎夜、しだいに月が昇るようにみずからの身体の老いも進んでいきます。

当然ながら、老いてくると、以前のような軽やかな身体の動きが鈍くなり、これまで簡単にできたことができなくなって、もたつくようにもなります。記憶力も少しずつおとろえ、新しい物事を忘れ、簡単な計算問題にもてこずり、漢字を忘れ、目もかすんでくるでしょう。走りたくても、足の関節の痛みなどで、とうてい若い頃のように走るなどということは至難の業になります。

普段は、健康な生活を過ごしている方でも、思わぬ病気を発症することも増えてきます。前半の人生ではどんなに健康な人でも、後半の人生にはいると、小さな一点の雲のかたまりが、そのうち大きくなるように、最初は小さな病が発見されると、つぎつぎと病気の部位が見つかり、深刻な病におかされている身体の現実と向きあわなければならなくなることもあります。

やがては、いのちそのものにかかわる深刻な病をえて、自分の人生に意味を与えてきたさまざまな治療活動なども、じきにあきらめなければならないという時がやってくるかもしれません。

そうなると、若い頃のような無謀（むぼう）な勇気も、がむしゃらな意欲も、そして不可能を可能にしてしまう希望も、いつの間にかそれらが遠い景色にみえてしまうものです。

老いを受け入れることは、過ぎさった過去をくやみたくなるような、敗北を認めるような、悲しさとさみしさがあります。

〝かけがえのない自分らしさ〟という〈生〉の実感を失ってしまうのではないか、という悲観的な、いわゆる「焦燥感（しょうそうかん）」におそわれる場合もあります。もし、勇気と意欲と希望を失ってしまうと、無駄に老いを加速してしまいかねません。

しかし、それが「老い」という現実だと、簡単に、さみしく、悲観的に受け入れるわけにはいかないのです。

このような、必ず起こる〈死〉に至るまでの「老い」を、人生の苦しみと感じて生きれば、老いは苦しいばかりの時間となるでしょうし、また同じように、最後の死を単純に、その意味も分からず苦しいと感じてしまえば、当然ながら、死は苦痛で悲しいだけの否定的で、無意味な悲哀の時となってしまうのです。

でも、それで、本当に良いのでしょうか。

「老い」を受けとめる

一般的に、青年期にはイキイキと活動し、仕事面でもバリバリと業務をこなして充実した人生を過ごしてきた人が、職場を定年退職したとたん、これまでの所属や役割を失います。「老い」とは、ある種の「人生の危機」とも言える時期にもなります。

それは、自分のいのちの時間に制限があり、身体にも限界があることをいやおうなく意識せざるをえない時です。そのために、自分は一体何の役に立つのだろうか、なんら生産的な活動もせず、社会への貢献もしない自分が生きていていいのだろうか、と後ろ向きで悲観的な感情に襲われてしまうのです。

ある方によれば、老年期に入り、誰よりも朝早く目を覚まし、夜明けがくるのを布団の中でじっと待っている日々が続くと、いよいよ生きる勇気も希望もなくなり、社会から見捨てられていると勘違いしてしまう。生きるために楽しむことができなくなってしまうと言います。

また、老年期にはいると、小さな出来事も大きく取り扱い、時にはちょっとした問題やささいな悩みにも過剰反応して、大騒ぎする傾向があり、年をとればとるほど、そのような悲観的で、否定的な傾向は強まるといわれています。

その時は、とてつもなく大きな問題と思えても、後で振り返ると、ささいな出来事としか思えなかった、という経験は誰にでもあります。人生に起きるすべての問題には、必ず、それを解決するドアが開かれているのですが、年を重ねると、それに気づくまで時間がかかることもあります。

いつしか、自分の心の中に、「若さ」に対する憧憬（どうけい）がどんどんしみこんでくるかもしれません。

しかし、そのようなあこがれになんら未練を持つ必要はありません。失望や落胆を繰り返して、つぶやく必要もありません。自分を失う必要はまったくないのです。

積極的に、元気よく、老いた自分の現実の姿を受け入れながら、人間の本質的部分を磨いていくことが大切です。

そのような意味では、「老い」とは、本当の意味の自分と出会うためのとても大切な機会とも位置づけることができます。

老年期は人が本当の人間となり、自分がこの地上に生きている意味や死んでいく意味がわかる「黄金の時」といってもよいかもしれません。

そのことをこころから受け入れることができれば、間違いなく、後半の人生をまぶしく光り輝いて生きる人間の仲間入りといって間違いないでしょう。

「老い」は喪失でも無駄なオマケでもない

余った人生などないのです。

「老い」は、「喪失」ではなく、長寿のざんねん賞でも、まったくの無駄なオマケでもありません。

私は、老いてからの社会への貢献のひとつは、まず、一人ひとりが、あらためて自分自身とは何者かを知り、自分の身体とこころを大切にし、いつも明るく、楽しく生きること、それはまた、後半の人生をまぶしく光り輝く老いのあり方ではないかと考えています。

日本人なら誰もが知っている日本民話の有名なひとつに、「花咲かじいさん」（「花咲かじい」とも）があります。

同じ民話でも、そのストーリーには多少の違いはありますが、おおむね以下のとおりです。

ある山里に、心優しい老夫婦がおり、その隣に欲張りな夫婦が住んでいます。

優しい夫婦が傷ついた子犬（名前はシロとも、ポチとも呼ばれるが）を見つけて、わが子のように大切に育てます。

ある時、この犬が畑の土を掘りながら、「ここ掘れワンワン」となくので、不思議に思いながらも、老人がその場所を鍬（くわ）でほったところ、金銭（大判・小判）がザックザックと出てきたのです。それを喜んだ夫婦は、近所の人たちにも振る舞いをします。

しかし、それをねたんだ隣の欲張り夫婦が無理やり犬を連れ去り、大判・小判を出させようと虐待（ぎゃくたい）するのですが、出てきたのは価値のないガラクタばかりだったため、欲張り夫婦は激怒して犬を殺してしまいます。

可愛がっていた犬を失って悲しんだ老夫婦は、死んだ犬を引き取って庭に墓を作って埋め、風雨から犬の墓を守るため、そのかたわらに木を植えたところ、この木は短期間で大木に成長し、やがて夢に死んだ犬があらわれて、その木を切り倒して「臼（うす）」を作るようにつげたのです。

そこで、夫婦がそのようにして、臼で餅をつくと、今度は臼から大判・小判があふれ出てくるようになりました。

それを知った隣の欲張り夫婦は、再び臼を取りあげて餅をつきますが、出てきたのは汚物ばかりだったため、むざんにも臼をオノで打ち割って、まきにして燃やしてしまいます。

それを知った優しい夫婦は、せめて残った灰でもほしいと願い込み、それを土に埋めて大事に供養しようとしたところ、また死んだ犬が夢にあらわれ、桜の枯れ木に灰をまいてほしいと頼み込みます。

この言葉のとおり、桜の枯れ木に、「枯れ木に花を咲かせましょう！」と言いながら、灰をまいたところ、何と不思議なことに、枯れたはずの木に桜の花が満開となります。

その時、たまたま、そこを通りかかったお殿様がこれに感動して、花を咲かせた老人にたくさんの褒美を与えます。

今度は、それをうらやましく思った欲張り老人が、同じようにまねて灰をまいたところ、桜の花が咲くどころか、そこを通りかかったお殿様の目に灰が入ってしまい、無礼な振る舞いとして罰を受けるという物語です。

この民話は、江戸時代初期頃に成立したと伝えられていますが、ひと言で言えば、こころ優しい老夫婦は幸せになり、欲張りな夫婦は不幸になるという、日本でよくみられる内容展開になっています。

そこで、やや冒険的ではありますが、私なりに、この「花咲かじいさん」の物語を人間の老いのあり方という視点で、幾つか簡潔に考えてみることにいたしました。

まず、第一に、生き物である犬、しかも傷ついた子犬をわが子のようにかわいがる、それは生きているものの〈いのち〉への愛と尊重であり、人として何よりも求められる大切な要素です。

第二として、こころ優しい老夫婦は、その隣の欲張りな夫婦からさんざんな仕打ちを受けているにもかかわらず、一度として欲張りな夫婦を非難したり、仕返しをしようとする行動がみられません。あくまで、予想外の悲しむべき事態に失望したとしても、それを悲しみつつも受け入れ、事態の対処に向かって行動を起こしています。

第三に、欲張りな夫婦は、いつも、隣の夫婦と比較してみずからの境遇を評価しており、しっかりとした自分たちの、いわゆる「アイデンティティー」（個性・独自性）が確立されていません。いつも、比較の中で自分たち夫婦の境遇を見てしまうために、いつも隣の夫婦の境遇が気になるのです。他人の人生との比較の中で自分の人生を評価したり、ましてや、他人の生活をねたんだり、にくんだりすることは、まったくおろかなことと言えます。

そして、第四として、老人が最初に鍬でほりあてた金銭（大判・小判）を自分たち夫婦だけのものとはせず、隣近所の人たちにも振る舞いをしていますが、これは、次に述べる人間としての人格的な成熟に必要な「利他の心」のあらわれといってよいのです。

人間としての人格的な「成熟」

「成熟」という言葉を定義づけるのは、容易ではありません。

百科全書的な解説は簡単ですが、「成熟」という言葉を定義づけるのは、簡単なようで、実は意外とむずかしいことです。

自然界の営みを例にとれば、秋になって、自然の果物や穀類がたわわに実り、田畑の作物が収穫されるばかりになっている状態でしょう。皆さんもご存じのことと思いますが、渋柿をそのままにしておくと、いずれ甘く感じる味に変化してしまいます。まさしく、そのような状態です。または、樹木の葉が紅葉した時期や状態が自然界の「成熟」と考えることもできるでしょう。

それでは、私たち人間の場合はどうでしょうか。

「成熟」した人間とは、当然ながら身体的に成長した人間ということではありません。すなわち、心理的・精神的に成熟した人間のことを指し、人間としての人格的な成熟を意味します。

中国を語源とする言葉の中で、日本でも良く知られ、時に語られるのが「君子（くんし）」あるいは「聖人君子」という言葉です。

ご承知のように、「聖人君子」と言いますのは、古代の中国において理想的な人格者で、徳が高く誰からも尊敬され、すぐれた学識をもつ理想的な人物を指しています。

もう少し踏み込みますと、「聖人」がこのうえもなく偉大で高貴なる崇高（すうこう）な人物で、その次に位置づけられるのが「君子」のようですが、日本では、「聖人」と「君子」を組み合わせて、「まったく非の打ちどころのない、これ以上に優れた人物は存在しない、と考えられる完璧な人格者」という意味あいで用いられています。

この「聖人君子」の類語としては、「聖人賢者」、あるいは「雲中白鶴（うんちゅうはっかく）」、「雲間乃鶴（うんかんのつる）」という言葉です。「雲中白鶴」や「雲間乃鶴」という言葉は、日本ではあまりよく知られていないように思えますが、雲中白鶴の直接的な意味としては、「雲の中を優雅に飛ぶ白鶴」ということのようです。世俗を超越した品性のすぐれた高潔な人物に対して、雲の中を飛ぶ鶴にたとえられたと言われ、こころがあくまできよらかで気高く立派な人物に対して用いられる表現のようです。

なお、「聖人君子」の対義語としては、「蕩児愚人（とうじぐじん）」や「凡愚（ぼんぐ）」などが知られていますが、いずれも、日常会話の中で用いている人と出会ったことはありません。

「人格的に成熟した人間」イコール「聖人君子」と考えたとすれば、成熟した人間を探し出すのは、さほど容易ではなさそうです。

ここでいう人間としての人格的な成熟とは、いのちを愛し、人をゆるし、自己犠牲をもいとわない、草木の葉が「紅葉」したような豊かな人間性を備えた円熟したこころの境地に達した人とでもいえるでしょうか。

したがって、偉大で高貴なる崇高な特別な人間ではなく、みずからのこころのあり様で、誰もがそこに向かうことのできる人間の領域といってよいと思います。

より豊かな成熟した人間として歩む

宮沢賢治といえば、岩手県にある花巻町（現：花巻市）に生まれ、『注文の多い料理店』、『銀河鉄道の夜』、『グスコーブドリの伝記』、あるいは『風の又三郎』など、少年の頃に一度は読んだことのある童話の作者です。

「世界がぜんたい幸福にならないうちは個人の幸福はあり得ない」という言葉も宮沢賢治の思想や理想を知るうえで欠かせません。

「この世の人がみんな幸せになればいい」という、切なる魂の願いとも、深い祈りともとれるこの言葉は、誰もが経験できない宮沢賢治の葛藤や苦悩の中からの叫びのような気がしてなりません。

しかし、宮沢賢治という名を知らぬ者まで押し上げたのは、なんといっても、彼の黒い手帳に記された「雨ニモマケズ」の詩であることは間違いないでしょう（原詩全文は、漢字とカタカナで構成されていますが、ここでは、あえて漢字とひらがなを用いて表記しています)。

「雨にも負けず」　宮沢賢治

雨にも負けず
風にも負けず
雪にも夏の暑さにも負けぬ
丈夫なからだを持ち
欲は無く
決して瞋(いか)らず
何時も静かに笑っている
一日に玄米四合と
味噌と少しの野菜を食べ
あらゆる事を自分を勘定(かんじょう)に入れずに

良く見聞きし判り
そして忘れず
野原の松の林の蔭の
小さな萱葺(かやぶ)きの小屋に居て
東に病気の子供あれば 行って看病してやり
西に疲れた母あれば 行ってその稲の束を背負い
南に死にそうな人あれば 行って怖(こわ)がらなくても良いと言い
北に喧嘩(けんか)や訴訟(そしょう)があれば つまらないからやめろと言い
日照りのときは涙を流し
寒さの夏はオロオロ歩き
皆にデクノボーと呼ばれ
誉(ほ)められもせず苦にもされず
そういう者に
私はなりたい

多くの皆さんがそうであっただろうと思いますが、私は、若い時分にこの全文を暗唱していました。

それは、なぜだか思い出せません。学校で、試験に出されるわけでもありませんでしたが、この詩にふれた時、深い理由もわからず、自然に引き込まれて、いつの間にか頭を支配し、いつまでも居座ってしまう、単純で素朴で素直で、そして田舎の匂いがする不思議な魂の詩だったからかもしれません。

みずからの死を前にして病床で手帳にメモ書きしていた賢治の姿を思うと、なぜか悲しく感じてしまいます。

それは、賢治の自己犠牲をもいとわないという死を前にしての、高い精神性に支えられた覚悟を感じるからでしょうか。

底の深い純粋な強さ、愛とやさしさを備えた感動的な詩として強く印象に残ります。愛(あい)他心(たしん)や自己犠牲は、成熟した人間の生き方の中にあらわれるものであることは間違いないでしょう。

成熟した人間の生き方の中にあらわれる愛他心や自己犠牲という点では、オー・ヘンリのあまりにも有名な短編「最後の一葉（The Last Leaf）」に描かれている老画家・ベアマン老人にまさる人間を探すのも容易ではありません。

このベアマン老人は、煉瓦づくりの三階建のてっぺんに住んでいるスウとジョンジーという若い画家の卵たちの階下に住んでいるという設定です。

「最後の一葉」の作品では、肺炎をわずらい、窓の外にみえる一本の古い古い蔦（つた）のつるについている葉っぱを数え、すべての葉っぱが落ちた時、自分も死ぬと思い込んでいるジョンジーのために、六〇歳を過ぎた、芸術の落伍者のようなベアマン老人がつめたい雨が降りしきる夜、決して秋風で蔦から落ちることのない一枚の葉っぱを絵筆で壁のうえに描くのです。

結局、ジョンジーの肺炎はいやされますが、そのかわりに、老人のほうが、このことで肺炎をわずらい、みずからのいのちを落とすことになります。

まさしく、みずからのいのちと引きかえに、画家としての最後の〝傑作の一つの葉〟を描いたこの老人は、その風貌と芸術家としての評価はどうあれ、確かに、老人のこころは成熟した人間がもつこころではないのかと思うのです。

誰もが、より豊かな成熟した人間として生きようとするならば、これまでの人生の生きざまを否定したり、ひどく後悔して、みずからを傷つけたりしないことが大切です。悲しみの泥沼な中にとどまることなど、もってのほかです。

そして、「あなたのおかげで、私の人生が幸せで、もっと豊かになった」と、少しでも、身近な人たちから、感謝される生き方をしたいものです。そのような感謝の言葉は、みずからをも幸せにします。

人生のうえでの成功も失敗も、誉(ほまれ)も恥も、それらをすべて認めるだけのおおらかさが、成熟した人間の生き方にとって、どれも必要な出来事と言えるでしょう。

第6章

老いても「私が私である」ということ

【一輪のストーリー】

「老い」ということを否定的なこととしてとらえると、
それまでの歩みがつまらなく、
未来への希望も失うことになりかねません。
どんなに年老いても、
誰にも代えることのできない「あなたはあなた」です。
世界中で、あなたは、あなたしか存在しないのです。
ですから、老いることをいつも積極的にとらえ、自分と仲良くし、
年々、年を重ねることを楽しむほどの
こころの余裕をもってほしいと思います。

みずからの人生の「肯定」

老いても、自分と自分の人生をけっして見限(みかぎ)らないことです。

老いたからと言って、人生の価値と大きな使命を見失ってはいけません。見通せない明日に押しつぶされてもいけません。

花がしおれるように、こころが枯れてしまえば、大切な人生を手放したことになりはしないでしょうか。

すべての人間にあてはまるわけではありませんが、人生の後半、すなわち、中年期から老年期に近づけば近づくほど、ひとつの危機が訪れるといわれています。これまでのみずからの人生の「否定」という悲観的で、失意を伴う落胆や憂鬱(ゆううつ)の感情です。

これまで、いのちさえ惜しまないという情熱や努力によって、世間の高い評価を獲得したにもかかわらず、人生の後半になって、深い幻滅や後悔のうちに、みずからの人生の否定にとらわれてしまう人がいます。それは、まるで、熱い砂地に水をまいてもすぐに乾いてしまうようです。魂がかわいてしまうと、魂の安らぎや喜びを失ってしまいます。そうなれば、いろいろな疑問と不満とを持ち、ため息をつきながら毎日を過ごすことになりかねません。

しかし、このようなケースは、年齢にも個人差があり、男女の違いによっても変化があるでしょう。また、そのような感情とはまったく無縁のうちに、生き生きとした感情を持ち続けながら人生を歩み続ける人も見うけられます。

いずれは誰にでもやってくる老年期に達したとしても、あくまでも、「私が私であること」に変わりはありません。私たち人間は、老いて、ただ苦しみ、恐れ、不平不満を並べ立てるために生まれ、生きる存在ではないからです。

青年期から中年期にはいり、老年期に向かった時、たとえ、社会の中で孤立していると感じ、仮に自分の存在など無用だと感じる時があったとしても、それはあきらかに誤った考え方です。みずからの人生を「肯定」するとは、単純に表現すれば、それまでの日々の歩みを認め、ゆるし、喜び、好きになること、であるといえます。

たとえ、どんなに年齢を重ね、年をとったと感じたとしても、人間社会全体を構成しているのは、誰でもない、私たち人間一人ひとりの存在です。

加えて、それぞれに個性としての「違い」というものもあります。

それは価値観の違い、考え方の違い、死生観の違い、思考力の違い、生き方の違いなど、例を挙げたらかぎりがありません。金子みすゞの詩ではありませんが、「みんなちがって、みんないい」のです。個性は、美しいものです。

一人ひとりの人間の一生には、その当事者にしかわからない、いくつもの変化があり、立ち止まる時もあれば、急激な成長や発展の時もあります。そして、それはこの地上を終える瞬間まで続くものであり、一個の人間としての魅力は、その時々のいろいろな出来事（課題や問題など）としっかり向きあえたかどうかに深い関係があるといえるでしょう。

空の流れる雲が形を変え、風が強くなったり弱くなったりを楽しんでいるように、私たち人間も、喜んで変化を受け入れる柔軟な姿勢を持ちたいものです。

誇りは生きる勇気を与える

たとえ、過去の出来事を振り返って、ひどく失敗したと思えたり、思いどおりにいかなかったという経験があったとしても、その時、その時の状況で、精一杯、努力した結果であるなら、どんな結末に終わったとしても、いまから、そのことをくやしがったり、残念に思うことはありません。累積(るいせき)した過去の重荷を未練なく降ろしてしまうのです。

なぜなら、どんなに後悔しても、もはや取り返しはつかず、過去の出来事の結果を変えることも不可能です。取り返しがつかず、その結果を変えることができないことに、いつまでもとどまり、こだわる必要は何もありません。

誰でもない、自分自身の存在、そして、いろいろとあった長い人生の生きざまを否定したり、ひどく後悔して自分を傷つけたりせずに、実り豊かな人生を過ごすために、自分の人生に誇りをもって、〝よくやった〟、〝がんばった〟と自分を認めることが大切です。

冷静になって考えてみましょう。

夜空の満天の星空の下は、とうてい数えきれないほどの星の輝きによって、ほんのりとした明るさで満ちています。

一人ひとりのありのままの〈生〉の輝きが束となれば、満天の星空のようになり、いまの暗く、明日の予測が不可能な「生きにくい世界」を照らすほんのりとした明りになることでしょう。

みずからの人生を「否定」して、暗闇を広げるのではなく、いつも人生を「肯定」してほんのりとした明りを放ち、真実の生の意味と死の意味を問い続けながら、生き続けることが大切ではないでしょうか。

たとえ、試練が積み重なり、こころの平安を失いかけそうになったとしても、自分の存在を肯定し、誇りを持つことが重要です。

誇りを持って力強く生きるべきです。誇りは生き続ける勇気を与えてくれます。

そこに感動があります。

秘めた〈可能性〉の開花

座り込んだら、前へは進めません。前進しましょう。

老いてもなお、下を向くことなく、いつも前向きに〝いま〟を力強く大胆に生き続けていきましょう。

そのためには、さまざまなことにチャレンジし、「後悔」ではなくて、これまで描いていた自分の夢を夢で終わらせず、現実のものとするために、いつも前向きな気持ちで、幸せを感じながら歩むことが必要です。

数多くの人間が、日々新たなものに熱意を持って、その困難の壁を乗り越えようとチャレンジしていくのは、その果てに絶望と不名誉が待ち受けているからではなく、満足感〈充実感〉や幸福感をえることにあります。

いま、後半の人生をまぶしく光り輝いて歩むために取り組むべきことは、これから先の未来のビジョンに向かって、前を向いて柔軟に進むことです。

多少なりとも、意欲と情熱と勇気が必要であることはいうまでもないことですが、人間の前向きなチャレンジ精神には、年齢や性別などはまったく関係ありません。

もし、限界を感じているとすれば、その壁を築いているのは、他人でも社会でもなく、自分自身のこころだけです。なぜなら、人間のもつ可能性には限界がないからです。

〈可能性〉とは、〈未来に生きる力〉

〈可能性〉とは、「それはできる」という人間の内側にある〈未来に生きる力〉です。

人間であれば、誰もがそれぞれ豊かに持っている知恵や知識、あるいはまた、貴重な経験やすぐれた技能を十分に活かし、一定の目標をしっかりもってチャレンジすることが大切であることはいうまでもありません。

もし、みずからの可能性を布団の中に入れたままにしているのであれば、すぐさま、眠りこけている偉大な可能性を呼びさますことが大切です。

年を重ねて、「あきらめたこと」もあるかもしれませんが、「年をとったからこそ、はじめられること」もたくさんあると思います。

印象派の巨匠でフランスの画家クロード・モネが、有名な「睡蓮」の連作を描きはじめたのは、六〇歳になってからです。クロード・モネは、八六歳で亡くなるまでに、視力がしだいにおとろえていく中で、二〇〇点の「睡蓮」を描いたことはよく知られています。

また、同じく、有名なフランスの画家マルク・シャガールのほうは、八〇歳前後に聖書からの連作を描きはじめています。

「ケンタッキー・フライドチキン」の創始者で、「カーネル・サンダース」として知られているハーランド・デーヴィッド・サンダースは、日本では、「カーネルおじさん」、あるいは、「ケンタッキーおじさん」の愛称が定着しています。

サンダースは、アメリカ・インディアナ州のヘンリービルの町に生まれています。

彼が六歳の時に父親が亡くなり、中学校を中退して働きはじめ、一五歳頃の少年期から青年期にはさまざまな職業をわたり歩いています。電車の車掌を皮切りに、軍隊、消防士、保険外交員、タイヤ売り、さらには、ガソリンスタンドの店員などを経験しています。

彼が四〇歳の時に、ケンタッキー州のコービンという町でガソリンスタンドの一角を借りて食堂コーナーを始めますが、その後の高速道路の開通で客の流れが変わり、店に客が入らなくなってしまいます。

そこで、店でも人気があったフライドチキンをワゴン車に積んで各地を回り、その調理法を教えて歩合(ぶあい)をもらうというアイディア商法(世界初のフランチャイズ)を考えだします。これが、現在でいう「ケンタッキー・フライドチキン」のはじまりとなるのです。

結局、フライドチキンのチェーン店を成功させたのは、サンダースが六五歳の時と伝えられています。

サンダースは九〇歳で死去していますが、彼がチェーン店の仕事を始めてから営業のために走破した距離は四〇万キロ、世界を約一〇周する距離にあたるといわれています。

せっかくのたった一度きりの人生を「酔生夢死(すいせいむし)」、すなわち、酒によって、くる日もくる日も夢心地のうちに、あたかも息をしていないかのように、ただぼんやりと無目的に死んでいくような老年期を送るのは、どのように考えても、いのちを大切にした生き方とはいえないでしょう。

それは、誰の目にも明らかなことです。

なお、少し余談ですが、私はこれまで数多くの講座や講演会、研修会に講師としてまねかれて、講演や講話などを行ってまいりましたが、そこに参加される方たちに対して、すこやかに身体もこころも健康で、一〇〇歳を目指す人生のために、いつまでも「欲」を失わないことをすすめています。

いうまでもなく、「無欲」こそが美徳ですが、私の勧める「欲」というのは、〈食欲〉、〈意欲（＝チャレンジ力）〉、〈知識欲（＝好奇心、探究心）〉、そして〈美欲〉という四つの健全で、迷惑なしの欲のことです。

皆さんには、〝よんよく〟とおぼえていただいています。「いつも、元気で、好奇心旺盛な人」という表現は、誉め言葉として受け止めましょう。

四つ目の〈美欲〉という言葉は、まぎれもなく私の造語ですが、それは、目に見えない部分の美、つまり、こころや魂の美しさへの欲、また目に見える部分のさっぱり感、清潔感への欲、といったところです。

老いたからこそ真価を発揮する

老いたからこそ真価を発揮することとは、どのようなことか不思議に思う方もおられるでしょう。

私は、老いたからこそ真価を発揮することとして、二つの「エス（S）」をお勧めしたいと思います。その二つのエスとは、奉仕（サービス）と献身（サクリファイス）のことです。

あらゆる場面での奉仕と献身は、老いたこころを陳腐化させるような考えを起こす危険物はすべてほうり出し、むなしさの中へ無残にも落下するような気持ちをふき払い、〈生〉の実感を生き生きと取り戻すことに大いに役立ちます。

「奉仕」とは、他者の痛みを思いやり、時には、困難や苦難な状況に置かれている他者に、報酬や見返りを求めずに手を差し伸べ、可能な限りの支援や援助を与えることといってよいでしょう。

一方、「献身」のほうは、おうおうにして信仰的な用語と結びつけられることも多いのですが、一般的な社会的意味あいとしては、自己の利益を一切かえりみず、他者のためにみずからのさまざまな能力（賜物）を用いることとして理解できると思います。

私は、奉仕と献身を「利他の心」、すなわち、自分の利益よりも、あくまでも他者の尊厳と益を重んじ、他者の益を最優先に考えて行動をおこすこと、と理解しています。精神的な成熟には、「利他」という考え方がとても重要なことなのです。

人間の内臓にみる奉仕と献身

ここでは、人間の内臓との関係を例にとって考えてみることにしましょう。

私たち人間には、約二〇〇の臓器があるといわれています。その中でも〈肝臓（かんぞう）〉という臓器を知らない方はいないでしょう。

私たちは、日常生活で、何かをするのに最も大事なこと（である様子）を「肝腎（かんじん）」と表現しますが、これは、人間の身体にとって肝臓も腎臓もともに欠くことのできない大切な臓器だからであることはいうまでもありません。

順天堂大学医学部教授の樋野興夫（ひのおきお）氏の説明によれば、肝臓は正常な時はいわゆる、人間のように〝ごちゃごちゃ〟いうこともなく、余分な細胞分裂もせずに、静止状態にあるといいます。つまり、黙ってみずからの役目（仕事）を果たし、血中を流れているたんぱくの八〇％は、この肝臓でつくられていると言います。

ところが、いったん、何事かが起こると、抜群の再生能力をみせ、仮に手術によって三分の二を切除しても、ほぼ数週間でだいたい元通りに再生し、また異物に対しても実に寛容で、解毒や代謝作用もあるといいます。

つまり、体内の中で〈肝臓〉という臓器は、いつもはしずかに黙々と自分の大切な役割をこなし、いざという時には、たのもしい「正義の味方」となって、正常で健康な身体にするためのきわめて重要な役割を演じてくれるというのです。

樋野氏いわく、肝臓は、「美徳とも言える不言実行と寛容性、肝臓は両者を兼ね備えています。人間も、この肝臓のような人になれば、きっと人格者としてうやまわれることでしょう」（『いい覚悟で生きる』、小学館、平成二六年）と述べています。肝臓は、別名、

「沈黙の臓器」とも「黙す臓器」とも称されるほど、日ごろ身体の中の臓器として意識することはありませんが、すぐれた働きをする臓器の役割を知れば知るほど、成熟した人間としての生きるヒントを知ることができ、実に興味深く、学ぶべきものがあります。

誰もが知るローソクは、みずからの身体を燃やしながら、周りを照らし続けます。

そして、みずからの身体が燃え尽きれば、あっさりとあとは何も残さない。そこに、賞讃も要求しなければ、報酬もえようとしない。ただ、自分に与えられた役割を果たしただけの存在です。

しかし、真っ暗闇の中に燦然と輝くローソクの炎によって、沈んだ勇気がふるい立たされたり、時には多くのいのちが助けられる場合があります。そのような生き方に、人は心を打たれ、誰もが厳粛な気持ちになるでしょう。

アメリカの詩人ウォルト・ホイットマンのよく知られた言葉に、「寒さにふるえた者ほど、太陽を温かく感じる。人生の悩みをくぐった者ほど、生命の尊さを知る」とありますが、それも、人としての成熟のための人生といえます。

一歩も二歩も踏み出すその勇気こそが、自慢の勲章と言えます。「失敗」とは意欲と勇気を失った瞬間のことです。あきらめさえしなければ、必ず、進むべき道は開けます。

誠実な奉仕と献身の炎が、多くの人々の困難な人生の道のりを照らし、希望のある人生へと導く輝く光となれば、老いた者のうるわしい生き方であるといえるでしょう。たとえ、それが、誰にも認められないとしてもです。

いつも前向きに生きる五つのヒント

老いてもなお、後半の人生を実り豊かなものとするために、どういう生き方、どのような考え方がよいのか、五つのヒントを述べてみたいと思います。

(1) 自分の「個性」を美しいと思うこと

アメリカの思想家・哲学者・作家・詩人として著名なラルフ・ワルド・エマーソンは、「すべての人には個性の美しさがある」と語っています。誰もが、魅力的な「オンリー1」なのです。

イソップ物語の中に、あまり知られていませんが、「うまとすず虫」と題する寓話があります。

この寓話は、次のような内容です。

ある日のこと、「ヒヒーン。」と、馬がなきました。すると、まわりの小鳥たちがおどろき、ばたばたと飛び立ちます。「ああ、ぼくの声がきたないから、みんなにげていくんだ。」

馬は、ためいきをつきました。「きれいな声に、なりたいなあ。」夜になって、月がのぼると、「リーン、リーン。」とすず虫が、なきだしました。「とても、うつくしい声だね。そんなにきれいな声がでるなんて、すず虫さんはいつも、どんなものを食べているの？」「わたしたちは、毎日、草のつゆを飲んでいますよ。」「そうだったのか。ぼくも、さっそくまねをしよう。」馬は、草を食べるのをやめて、毎日、草のつゆだけを飲みます。そのために、だんだん、やせていきました。「そろそろ、きれいな声になっただろうか。ヒン、ヒヒーン！　変だな、ちっともかわらない。」

馬は、それからも草のつゆだけを飲みました。「こんどこそ、いい声になったかな。ヒッヒーン！」弱りきった馬は、最後にひと声なくと、とうとう倒れて、死んでしまいました。

最後に、馬が死んでしまうという、この悲しい寓話の意図は明白です。馬はすず虫と比較して、すず虫の個性をうらやんだ結果の悲劇です。

確かに、すず虫の鳴き声はきれいかもしれません。しかし、馬はすず虫よりも速く走ることもできれば、人や荷物を運ぶこともできます。馬は馬にしかない個性を美しいと思うべきであったのです。

他者との比較ばかりに目を奪われ、「他人の人生」をあたかも「自分の人生」のように送るとすれば、実に悲しいことであることは明らかです。

後半の人生を実り豊かなものとするために、まず、いまの自分だけの役割を自覚し、自分だけの美しい個性をしっかり発揮して、「だれよりも、興味深い人物になる」という生き方を目指せたら素晴らしいことだと思います。

(2) 自分のうちに秘めた高価な〈宝〉を発見する

後半の人生は、時間が過ぎるのを早く感じます。

ですから、つまらない過去の不快な出来事を思い出したり、そこにとどまって落胆する時間に価値はありません。

そのような時間があるとしたら、自身の内にある、自分だけの〈宝〉を発見することのほうが有益です。誰しも、人間の心の中には、本人がまだ気づいていないかもしれない、あるいは、気づきながら活かされていない高価な〈宝〉があるといってよいのです。

〈宝〉または〈宝物〉といえば、『舌切り雀』や『おむすびころりん』の中で親切なおじいさんが持ち帰った大判小判や『桃太郎』が「鬼が島」の鬼を退治して持ち帰った宝物、あるいは、イスラム世界に伝わっている物語『アリババと四〇人の盗賊』の主人公・アリババが盗賊たちの洞穴で手に入れた金銀財宝などがすぐに頭に浮かびます。

また、世界の優れた美しい美術品や工芸品、国宝級の歴史的遺産といったものも貴重な宝といってよいでしょう。

何を〈宝〉とするかは、人によって異なりますが、いずれにしても、〈宝〉というものはワクワクドキドキするような貴重な物をイメージします。

日本語の〈宝〉という字は、うかんむり（宀）とたま（玉）が組み合わされていますが、宝の旧字体は「寶」という字で、かつては「玉」や「貝」が貨幣（貝貨）として使用されていました。これは、家屋の中に、「玉」や「貝」など貴重品が入れて置かれたことを意味するといわれています。

私がここで考えている自分のうちに秘めた高価な〈宝〉とは、たとえば、優れた才能や能力、可能性、魅力、特技などを意味しています。どちらかといえば、目に見えない貴重な資質や力を指すといってよいでしょう。

（3）日常生活のスペース（範囲や領域）を広げる

普通、年齢を重ねるとともに、精神的にも身体的にも、いままで簡単にできていたことができなくなり、しだいに日常生活のスペース（範囲や領域）も狭くなりがちです。

私たちは、広く豊かで社会的な深いつながりの中で生きてこそ、楽しく明るく幸せを感じるものではないかと思います。人間は人びとの「間」に生きてこそ、「人」なのです。

多少なりとも、努力を必要とする場合もありますが、いつも住居内にいるだけではなく、自分の日常生活の範囲や領域を外へ外へと広げて、新しい体験や経験をすることが、実り豊かな人生を過ごすために必要です。

自分の日常生活のスペースを積極的に広げていくことで、何よりも、世の中に、〝自分を必要とし、自分を愛している人が大勢いる〟という、人が生きていくうえでとても大切なことを知ることができます。

このことこそが、生活のスペースを広げていく最大の気づきであり、うれしい効用だと思えるのです。

（4）すべてにおいて一〇〇％をめざさないこと

家庭でも、仕事でも、若い時から何をやっても一〇〇％、すなわち、すべてを完璧にやりとげないと気が済まない性格の持ち主がいます。

確かに、精神的にも身体的にも、なんら問題のない状態の時は仕事面でも生活面においても、一〇〇％満足のいく結果がえられたかもしれませんが、年齢を重ね身体的にも不自由さを感じるようになった時には、これまでのような結果をえようとせず、七〇％から八〇％程度で満足する気持ちの余裕が必要です。

自分に不可能と思われる、あとの二〇％から三〇％は、他者の力を借りればよいのです。あるいは、急がずにじっくり時間をかけて対処すればよいでしょう。それこそが、〝気持ちのゆとり〟と言えます。一人で物事に立ち向かう必要は、どこにもないのです。

科学的な証明が可能かどうかは別として、一説では、「地球上にはたくさんの生命体が生存しているが、その中で、唯一、人間だけが笑うことのできる生き物である」という説があります。

「言語」というのは民族の共通語ですが、人間の「笑顔」は無料の世界の共通語です。人間の顔の表情は極めて豊かですが、何といっても「笑顔」の表情は素晴らしいことは万人が認めるところです。

いつもユーモアと笑いを忘れずに、できることもできないことも、笑顔で笑い飛ばしてしまいましょう。

（5）急がずゆっくり時間を楽しむこと

今日の社会は、とても多忙です。

毎日が忙しく、自分が望まなくても、かなり無理をして、知らず知らずのうちにストレスをためていることも多いと思います。

しかし、人生の後半の年齢に達した時は、過剰な無理をせず、急がずゆっくりと歩み、与えられた時間を楽しむという、考え方や生き方に転換することこそが、実り豊かな人生に必要ではないでしょうか。せっかくの人生をあせって走る必要はどこにもありません。

中国の古い書物に、自分の影をいやがる者の話しがあります。

自分の影をいやがる男は、自分の影をいやがり、「あっちへ行け！」と言って、追い払おうとするのですが、歩くと影が後からついてきて、走れば走るほど影もはやくなるのです。それでも、走ったら影もますますはやくなり、とうとう、男は疲れ果てて死んでしまう、という話しの内容です。

実際に、自分の影をきらう人はいないように思うのですが、自分を追いかける影から逃れようとする方法は、実は単純なことです。

それは、大きな木のかげ（＝木陰）で休むか、家の中に入ってゆっくりすることです。

誰しも前半の人生では、いやおうなしに忙しく、休む時間など無いのが普通ですが、人生の後半は、優雅に「ゆっくり時間を楽しむ」というこころのゆとりが欲しいものです。

サラサラと自在に流れる水のように、柔軟でやわらかな気持ちを持つと人生はずいぶんと楽になります。

第7章
人生の終章に向かって自分の物語を生きる

【一輪のストーリー】

〈死〉は、私たちに、かけがえのない〈生〉のとうとさと
大切ないのちの価値を教えてくれます。
ですから、しっかりと死に向きあい、〈死〉の本当の意味を理解することこそが、
あなたの〈生〉の意味をより深く、真実なものにします。
愛に満ちた死によってつくられた祝福の「いのちの種」が次の世代のために撒(ま)かれ、
輝くいのちとなって光り続けるのです。
どんな小さな「種」にも大木に育つ〝力〟を宿しています。
あなたは、人に寄りそい、愛をつむぎ、いのちをつなぐことができるのです。

〈いのち〉を失う体験

自分が本当の自分になっていく物語が人生の歩みです。

いろいろな出来事が人生というキャンバスのうえで、形をなして、深みのある実り豊かな人生を描きだしていきます。

いつかは、いのちを終える時がくる、という現実は誰もが頭の中では理解しているものの、おそらく、この地上を去るという現実が目の前に迫った時に、はじめて真剣に自分の〈死〉と向きあう人が多いのではないでしょうか。

ここでは、最初に、物語の小さな出来事として、私がみずからの〈いのち〉を失う重病に倒れた体験談からお伝えしたいと思います。

これは、みずからの〈死〉、すなわち、〈いのち〉を失うことを身近に強く意識した初めての体験でもあり、〈いのち〉を問い直すことを真剣に考える貴重な機会ともなりました。

私は、ある総合病院の待合室で内科医の呼び出しを待っていました。

この日の一週間ほど前、職場から自宅への移動中、胃腸にこれまで経験したことのない激痛を感じ、投薬後、すぐにその時は痛みがおさまったものの、念のため翌日に、自宅近くの総合病院で胃腸の精密検査を受けることにしました。その精密検査から一週間後、検査の結果を医師から聞くために、総合病院の待合室にいたのです。

人生の前半まで、健康にはある程度自信もあり、多少なりとも健康に気をつけてもいたのですが、今回感じた激痛は尋常ではないという不安もあり、これまでにない緊張感のある時間を過ごしていました。

やがて、呼び出しの順番となり、担当の若い内科医と向きあいます。

開口一番、その医師は、「胃に悪性腫瘍がありますね」と言いました。

「それは、胃がんということですか?」と言う私の問いかけに、「そうです。早期胃がんです。すぐに入院してください」と言うのと同時に、机の引き出しから入院手続きのための書類を数枚渡され、もはやみずからの選択の余地もなく病院への入院手続きを済ませ、その数日後に手術を行いました。

その結果、リンパ節や他の臓器への転移もなく、多少のリンパ節と胃の上部の切除だけで済んだものの、私の胃の大半を失うこととなりました。

それは、季節でいえば、ちょうど〈夏〉真っ盛りの年齢で、この時期の年齢の人間であれば、たいてい職場ではあれもやりたい、これもやらなければ、という多忙ながらそこに充実感や満足感を味わう時期でもあります。そんな時に、早期とはいえ、よりによって「胃がん」の宣告です。

幸いにも、あれから再発もなく、今日では問題のない健康な日々を過ごしていますが、入院中に病院の廊下の窓から見た四月の満開の桜が目に焼きついています。

その桜の木は、病院内の敷地にあったものです。

一般的に、春咲き誇る桜は〈死〉をイメージします。

「花は桜木、人は武士」と語ったのは、一休宗純（そうじゅん）であると伝えられています。花の中では散り際の桜が美しく、武士の死に際の清さに似ている、といった意味からでしょう。確かに、短い期間に美しく咲き誇り、あとはあっさりと一挙に散ってしまう、そのいさぎよさに感銘を受ける日本人もいれば、「もののあわれさ」を感じる人もいるはずです。

いずれ散る花でありながら、〈生〉を誇るかのように咲いて見事な桜の花は今でも目に焼きついています。私は、弱気で心がしおれかかっていましたが、この満開の桜を見た時、「ようし、生きてやるぞ！」と自分の気持ちを奮（ふる）い立たせたことをいまでもはっきりとおぼえています。

個人的な述懐ではありますが、胃がんの宣告を受けるまでは、〈死〉に対する実感はなく、自分自身の身に起きることとして真正面に考えることはまったくといってよいほどありませんでした。

まさしく、人間の〈死〉というのは、あくまで他人事であり、それまで与えられた時間は無限にあると勘違いしていた自分のなさけなさ、おろかさ、そして無知に腹立たしささえおぼえると同時に、生きている喜びをかみしめた出来事でもありました。

人間の〈死〉がみえない時代

今日では、人間の〈死〉の意味について思索しようにも、実際には、「人間の死がみえない時代」となっています。

はたして、これでよいのだろうかと私は考えています。

確かに、私たち人間の死はつらく悲しいことは、いうまでもありませんが、死を人生における肯定的、創造的なものとしてとらえ、しっかりと死に向きあい、〈死〉の意味することこそが、より人間の〈生〉の意味をより深いものにし、死というものに対しての恐怖と絶望感を少しでも克服できるのではないでしょうか。そこに〈死〉を語る意義や必要性があると考えています。

さて、この人間の死がみえないという点ですが、それは、二つの側面から考えることができます。

その一つ目の側面は、「死という言葉」が聞こえないことです。

日本人には、あまりなじみのない言葉ですが、欧米では、日常的に、ラテン語の「メメント・モリ（memento mori）」という「自分が（いつか）必ず死ぬことを忘れるな」、「死を忘るるなかれ」という意味の警句がよく語られると言います。

すでに述べましたが、日本では、死を深く考えたり、日常的に死を語ることは不吉だとして、会話の口にのぼることは意図的に避けられてきました。私たち人間が死に定められた存在でありながら、会話の中でいつか死ぬなどと語ろうものなら、「縁起でもない」とあえて口にすることが避けられ、いつの間にか、死や死後の世界を語ることは不謹慎なこととしてタブー視され、それは今日においてもなんら変わっていません。

人間の死は日常的に話題にするテーマとはいいがたいものですし、死を楽しく語る社会ではありません。死ということに対しては、思考停止してしまうのです。

私たち人間は、この世に誕生すれば、そのいのちが尽きるという、漠然とした感情はあっても、いつかは死ぬのが当たり前という自明の事実から目をそむけて、〈死〉という問題をあえて曖昧なままに遠ざけてきたのかもしれません。「死んでいる自分」の姿を想像することはできませんし、死んでいる自分の姿を想像して喜んでいる人間は、どこにもいないでしょう。

過去においても、そして現代でも、もっぱら、〈生〉や〈死〉といえば、ごく近年まで文芸や哲学、宗教的な領域で扱われてきました。それは当然です。嬉しくも楽しくもない死について、日本人があえて日常的に口にする話題とは程遠いといってよいからです。

私自身は、それなりに自分の「死に方」を考える時間が増えつつありますが、重い難病を発症し、ぎりぎりの死線で踏みとどまり、一日一日、一時間一時間をおしむことなく懸命に生きる闘いをせざるをえない状況にある方たちのことを思うと、こころが痛んでしょうがありませんし、涙がとどめようもなくこぼれ落ちてしまいます。それが若い人ならなおさらです。死を吹き消せるものなら、吹き消してやりたいともがきたくもなるのです。

二つ目の側面は、「死にゆく身体」が見えないことです。

昔の日本であれば、祖父や祖母が亡くなる時に、家族全員が枕元に並んで、その最後を看取ることが習慣として当たり前でした。ですから、「死んだ身体」を当然のごとく目にすることができました。

しかし、最近では、病院で死亡する人の割合が高く、ほとんどの人が自宅ではなく病院で臨終の時を迎えています。

そのためもあってか、実際の死を看取るという経験をする機会がなくなり、人間を含めて、いのちあるものの死の現場に立ち会うということがなくなっているのが現実です。

したがって、もはや「死んだ身体」は、葬儀に参列さえすれば、ほんのわずかな時間、目にすることはできますが、日常的には、「死んだ身体」は徹底的というほどに隠されてしまっています。

しかしそれは、〈生〉からゆっくりと〈死〉に移る「死にゆく身体」とは言えないのです。そのことこそが、〈死〉へのイメージを不明確なものにする要因でもあります。

このように考えてみますと、現代人にとって、死は身近なことではなく、死を自分のこととして引き受け、みずからの望むべき死に方を思慮する機会さえ失うのは当然なことかもしれません。

人間と他の生き物との〈死〉の違い

さて、人間以外の生き物はみずからが死ぬことを認識し、それがどういうことかを理解しているのでしょうか。

私は、動物学者や生態学者ではありませんが、いつも身近に見る生き物が、いのちの危険を避けるような行動はとりえても、「自分は、だんだん老いて、やがては死ぬ存在」ということを、はっきりと人間のように認識しているとは思えません。

それに反して、人間は、みずからが、いつかは死ぬ存在であることをはっきりと認識し、死ねば二度とは後戻りができないことを知識として理解しています。

それでは、かなり意地悪な質問ですが、皆さんは、生や死へのはっきりとした認識を待たず、本能的に生き抜こうとする生き物と、生きる意味を知り、死ぬことを認識し、死に備えることができる人間とを比較して、どちらのほうがより幸福な存在と考えるでしょうか。

「幸せ」といえる存在は、人間なのか、はたまた他の生き物のほうなのでしょうか。

かなり、なやましい質問ですが、私は、もちろん、人間のほうが真に幸せに決まっている、いやそうであってほしいと願っています。

謎めいた不思議な〈死〉について凝視し、みずからがいつかは死ぬと認識できるのは、地上で「生きている存在」の中で、唯一人間だけであるといえるでしょう。これは、人間だけの「特権」とも言えるものです。

もし、このことを人間にとっての幸福の一粒とするならば、他の生き物も死ぬ存在にかわりはないとしても、死ぬことを理解し、みずから死に方を考え準備ができる人間のほうが、他の生き物よりは、はるかに幸せといってよいのではないでしょうか。

人間というのは、社会的に、文化的に、そして精神的に生き、そして死ぬ存在なのです。

カゲロウとミノムシ

今度は、短命な生き物として広く知られている「カゲロウ」と「ミノムシ（オオミノガ）」の生態について簡単に紹介いたします。

一般的に、〝カゲロウのようだ〟といえば、短く、はかないいのちを象徴する表現といえます。確かに、カゲロウは弱々しく、成虫になって一日で死んでしまうと言われていますが、実際には、成虫になると数時間しか生きられず、まさしく「短く、はかないいのち」のようです。

雑草生態学を専門とする稲垣栄洋氏の見識によれば（『生き物の死にざま』草思社、令和元年）、カゲロウにとって成虫というステージになると、餌を食べるための口も退化して失われ、餌をとることもせず、子孫を残すためのものでしかないというのです。かぎられた時間の中でカゲロウたちは交尾を行い、交尾を終えたオスたちはその生涯を終え、メスたちは水の中に新しいいのちを産み落として、そのいのちを落としていくといいます。それが、一夜での出来事といわれていますから、まさしく、カゲロウの生涯ははかなく短いいのちといってよいでしょう。

もちろん、自分が産み落とした子どもたち（小さい幼虫たち）の姿を見るわけではなく、子育てをするわけでもありません。一夜のうちに、交尾をして、水の中に卵を産み、その一生涯を閉じることになるのです。

他方、ミノムシは、枯れ葉や枯れ枝で巣を作り、その中にこもって暮らしています。このような生態が、粗末な蓑を着ているように見えることから「ミノムシ（蓑虫）」と名づけられたと言われています。

　このミノムシの正体は、ミノガという蛾の幼虫で、冬になる前に、蓑を枝に固定して蓑の中で冬を越すそうです。冬を越して春になると、ミノムシは蓑の中でさなぎになり、成虫となって蓑の外に出てきますが、巣の外に出てくるのはオスだけです。

　メスのほうはといえば、春になっても巣の中から出てくることはなく、巣の中でさなぎになり成虫になりますが、その後も巣の中にとどまり、頭だけを出して成虫となったオスのミノムシをフェロモンで呼び寄せながら、パートナーであるオスが飛んでくるのをじっと待ち続けるそうです。

　成虫になっても蓑の中にとどまるメスは、はねや足もなく、やがて、交尾を終えたメスは、その蓑の中に卵を産み、静かにその一生涯を終えるといいます。

　むろん、カゲロウと同じく、みずからが産んだ子どもたち（小さい幼虫たち）を見ることもなく、子育てもしません。春になれば、巣の中で卵からかえった幼虫は、蓑から外にはい出して糸をたらし、風に乗って飛ばされていきます。そして、新たな土地で新たなミノムシたちの生涯が始まるのです。

いかがでしょうか。カゲロウとミノムシ（オオミノガ）の生態について簡単に紹介してみましたが、皆さんの中には、カゲロウとミノムシをかわいそうな生き物と思っている方が多いのではないでしょうか。

さて、このような生き物と比較して、確実に私たち人間の平均寿命は長いのです。とりわけ、多くの生き物が産卵を終えて死にゆくか、短い子育てを終えて死ぬ場合が多いのに比べて、人間のほうは出産、そして子育てを終え、なお長い年月を生きていくことになります。

そこで、私は、この地上に生きている他の生き物とは違い、このように人間が長く生き、生かされているということは、そこに、一人ひとりが、この世で長く生きる意味や意義、あるいは、長く生きなければならない、人間だけに与えられた大きな役割や使命があるからではないだろうか、と考えています。

この世の〈生〉の時間だけが長くなっただけで、そこに、何の意味も意義もなく、あるいは、生きているだけの役割や使命もないとは、どうしても考えられないのです。

みずからの死に備える

よほど、くどいと思われるかもしれませんが、〈死〉は、誕生と等しく自然であり、すべての人間に訪れるのです。

変わりなく続く、この世の時のひとコマに、人の死はあります。しばらくの老いの後に、逃れることのできない死が訪れるのです。

私たち人間は、誰でもない自分自身の人生を精一杯生きることが大切であることは、誰もが認めることです。

私は、これまで生きてきた方の生き方や言葉から、人というのは、この地上生涯で誰もが「三度」産まれるものと考えるようになりました。

一度目は、文字どおり、この地上に「存在する」ための誕生です。

二度目は、この地上で「生きる」ための誕生です。

誕生後間もない乳幼児は、自分が「生きている」という〈生〉への感情はまだ芽生えていないでしょう。私には、人間というものが、「自分が生きている」という感情をどの時点で芽生えさせるものなのかは、さだかには知りえませんが、みずからの〈生〉についてしっかりと自覚することによって、一瞬一瞬、その時その時を幸せに過ごそうとしていくのではないかと考えています。

そして、最後の誕生は、明確にみずからの死を意識し、「死へ向かって準備する」ための誕生です。

世界的に著名なチベット仏教の指導者であるダライ・ラマ氏は、みずからの著書『ダライ・ラマ　３６５日を生きる智慧』（春秋社、平成一三年）の中で、次のように述べています。

たとえ偉大なランナーであっても、死から逃げ去ることはできません。財産で死を止めることもできなければ、魔法や呪文でもできませんし、薬ですらできません。ですから自分の死に備えておくのは賢いことなのです。

死への準備とは、死を安らかに、穏やかに受け入れるこころの準備です。それは与えられた、かけがえのない大切ないのちを最後の一瞬まで輝かせるためのこころがまえでもあります。

私は、〝この地上生涯を徹底的に生き抜いてみる〟覚悟が必要だと思っています。それこそが、みずからの〈いのち〉への最高の恩返しではないかと考えているからです。

〈死の質〉について語る必要性

日本において、〈生活の質〉、あるいは、〈生の質〉と訳されるクオリティー・オブ・ライフ（ＱＯＬ）の概念が広く注目を集めるようになったのが、西暦で言えば一九七〇年代のことととされています。

この年代は、科学技術の進歩がいちじるしく、とくに先進国では生産性の向上などに伴い「物質的な豊かさ」の重視から「こころや精神的な豊かさ」の重視へと社会的な関心が高まった時期でもありました。すなわち、単なる「量」から「質」的要素へと関心が高まり、質的豊かさが重要視されていきました。

しかし、最近では、〈死の質〉と訳されるクオリティー・オブ・デス（ＱＯＤ）という概念が語られるようになってきています。

保健医療分野・領域で取り扱われるようになってきた〈死の質〉、あるいは、〈死までの過程の質〉という用語は、西暦で言えば一九八〇年代頃から欧米を中心に議論が行われ、日本においても次第に語られるようになってきたものの、これまでの〈生活の質〉という用語と比較すると、ほとんど一般的な用語として広く知られ普及していないのが実情です。

私としては、死の質とは人間の「死に方」、「死にざま」としてとらえ、人生の終章にあたる死とどう向きあうのか、という意味あいで解釈しています。ここで、〈死の質〉を問うことを通じて考えることは、いかに後悔なく満足して死を迎えることができるのか、いかにすればこころ安らかに死ぬことがかなうのだろうか、ということです。

公に口には出さないとしても、現代社会に生きる多くの人たちは、「生」と「死」の間を揺れ動きながらも、可能であれば、他人任せの死に方ではなく、自分の最後は自分で決めたい、最後の時だけでも自分が納得のいく死に方をしたい、と思っていることでしょう。

私は、「質」の高い死に方、死にざまとは、こころから満足のいく後悔のない死に方であり、こころ安らかな死に方であると考えています。

そうしますと、日々、笑いながら希望に満ちて幸せと思いながら過ごし、人生の最後の時には満面の笑顔で満足しながら、この地上生涯を去ることができれば、実り豊かな人生を終えたと言ってよいでしょう。

いつの時代からなのか、はっきりしませんが、高齢な日本人は、どこで死にたいかと問えば、必ずといってよいほど「畳の上で死にたい」と口ぐちに出していたように思います。それは、現代においても同じく、日本人であれば最後は病院のベッドではなく、「畳の上で死にたい」という希望は上位一〇番目の中に入りそうです。

年齢が若いうちは考えもしないでしょうが、人生の月日を重ねるうちに、しだいに死に場所は「畳の上」という意識が頭をもたげてくるのは、何とも不思議なことです。

それは、なぜかと問えば、「日本人だから」という、まったく根拠もなく、とうてい科学的ともいえない回答ではありますが、日本人ならある程度納得のいく理由ではないだろうかと思います。

しかしながら、みずからの死に方、死にざまを希望したとしても、必ずしも満足のいく死に方、死にざまを可能としない社会的状況が現代の社会にあります。

それは、たとえば、私が「畳の上で死にたい」と希望したとしても、今日の医療体制の中では、本当に畳の上で死ぬ確率は極めて低いでしょう。畳の上に置かれるのは、死ぬ間際ではなく、死んだ後、柩の中に入ってからかもしれません。

いずれ、死にゆくものの希望と現実とのギャップを解消するためにも、いま、〈死の質〉を問うことには大きな意義と必要性があると考えています。

死に向きあい恐れずに生きる

人間は死ぬまで成長（身体ではなく、知性・感情・意志など心的要素）するという考え方が常識になりつつあります。人間の身体はおとろえても、精神的な領域は、死ぬまで成長すると考えられます。

いつも、人生は、その成熟に向けて進んでくプロセスをもっており、すべての経験や体験が織りなす一枚のタペストリーのように、成熟に向かって進み続け、輝き続けるものとして考えることができるのです。

変わりなくこの世が続くためには、過去を乗り越えて、いま（現在）を、そして未来を見すえて進んでいく、その日その日を精一杯に生き続けようとする人間の光り輝くいのちの営みが必要です。

知情意（＝知性・感情・意志）を持つ人間は何を思い、どのような姿でこの地上生涯を後にするのが「人としての姿」といえるのか、すなわち、死と向きあって人としてどう生きるか、まさしく、そこにこそ人間の真価が問われるといってよいでしょう。

長い長い自然の流れに比べれば、人間の一生は短いものです。五〇〇年も一〇〇〇年も生きるわけではありません。だからこそ、目の前の現実から逃げずに、誠実に、真摯（しんし）に取り組む必要があります。

いずれ、死はやってきます。その死の時まで、多くのいのちの交わりの中で実り豊かな人生を楽しみ、そしてこころの豊かさを味わい、長い人生でえることのできた英知、情愛、そしてさまざまな経験を次の世代に伝えていくことは、個々の人間にとっても、社会全体にとっても望ましいことです。

誰もが、人のいのちに寄りそい、大切ないのちをつなぐことができるのです。

人間として、精一杯に毎日を生き、くいのない、輝くような見事な生き方、そして、誰からもその死をおしまれるような、花のごとく美しく、きよい死に方を、残されたものへプレゼントできたとしたら、それこそが愛に満ちた死といえることでしょう。

後に残された愛するものへのメッセージ

みずからは死んでも、後の世に残すものがあります。

これまで、〈死〉について、さまざまに述べてきましたが、しばしば私たちは、みずからの死や死後の世界については関心を向けても、「後に残された愛する人びとがどうなるのか」、ということまで深く及ぶことは少ないかもしれません。

むろん、突然、病をえて、余命が告げられた時、後に残す家族のこと、仕事のこと、年老いた親のことなどを考えるでしょうが、普段から、後に残された愛する身近な人たちや多くの他者までは、十分に考えが及ばないように思います。

確実に、いのちのあるものの身体は消えゆきます。

しかし、いくら科学が発展しても、科学的に人間の魂の不滅を証明することはできないでしょうが、愛する〈いのち〉の連続性は説明できます。

もはや、そのいのちが地上に亡くなったとしても、その人の情愛、その人の麗(うるわ)しい生き方、そしてその人の足跡(そくせき)が、その後に生きる人たちをはげまし、奮い立たせ、未来を生きる希望へと駆(か)り立てることを誰もが知っているからです。

私としては、死んでもなお、後に残されたものの心の中に残され、生き続けることによって、後の世に残されたものに生きる力、勇気や希望を与え、社会にさえなんらかの影響を与えることのできるのは、「愛に満ちた死」でないだろうかと考えています。

時代とともに、世の中は変化し、その変化は止まりません。そして、私たち人間は、自分の価値観や死生観、未来への希望を持ちながら、果敢に前進しなければなりません。しっかりと言葉を届けなければなりません。立ち止まることはできないのです。

自然界では、落葉の頃、すでに樹木の枝の先端に、来春の芽、すなわち、春に伸びて葉や花になる〈冬芽(とうが)（越冬芽）〉が小さく見えています。次への必要な準備をすでに整えているのです。

時代の流れの中で、人の「愛に満ちた死」によってつくられた祝福の「いのちの種」は次の世代のためにまかれ、輝くいのちとなって残り続けるはずです。

愛とは、望みであり、みずからのいのちの犠牲をいといません。

成熟した人間のあるべき姿としての無償の愛は、かぎりなく清(きよ)らかな水の流れのように、なんとも美しいものです。

すべての人間は、その存在そのものが誰かに影響を与えます。そして、こころから喜び、その生きる姿は、身近にいる人たちに勇気と希望を与え、さらには多くの人間を突き動かし、そのことが近い未来の社会をより良い方向へと変えていきます。

病気になること、老いること、死ぬことは、人生というもののすべての意味を考え思うためにあると思います。

そして、とうてい、「理想的な死」はないとしても、地上生涯を終える間際に、みずからの死を安らかに受け入れ、納得できる死に方ができたとしたら、なんと素晴らしいことだろうと誰もが考えることでしょう。

私たち人間は、〈いのち〉の輝きを増し加えつつ気高い希望とみずからの可能性を信じて歩みたいものです。

私は、〈冬〉の季節、クリスマスのライトアップされた輝き出る光のように、人間の人生の最高の峰、高い山の頂上ともいえる人間の〈死〉の瞬間に輝きわたることができる人生であれば、それこそが後に残されたものへの希望のメッセージになると思っています。

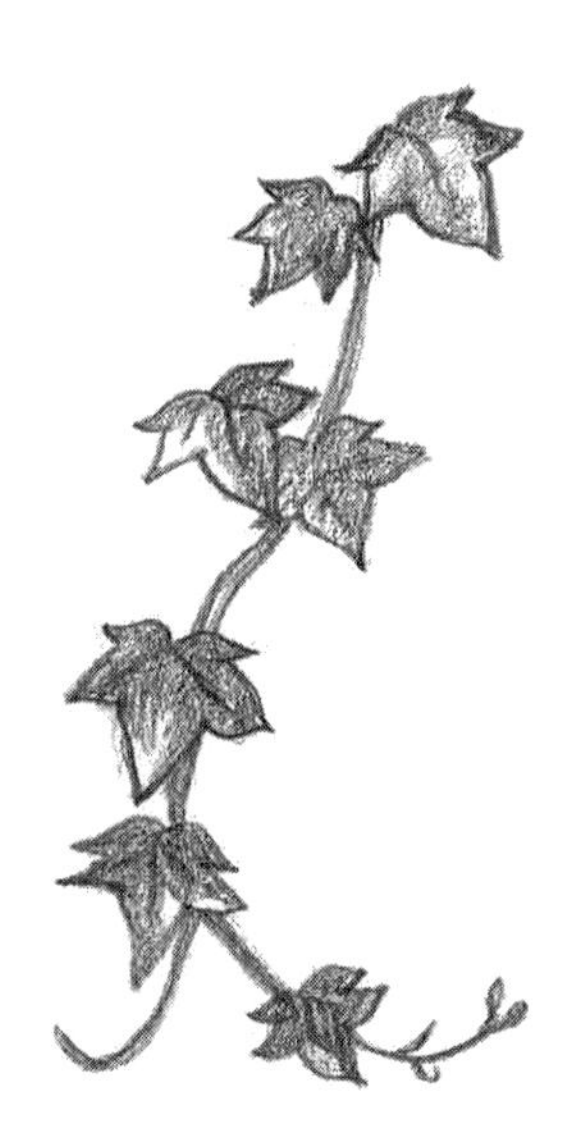

おわりに

人間の一生は、ただ一度だけです。

どんなに財宝を積んでも、時間を戻すこともできなければ、二度目の人生を手に入れることもできません。

人生にリハーサルがあれば、失敗や後悔のない歩みが可能であるかもしれませんが、そうはいきません。毎日の人生が「本番」の連続です。

誰にも代わることのできない一人ひとりの人間の〈いのち〉は、その身体が失われても忘れられず、未来に受け継がれていくものと考えています。

だからこそ、身体としての〈いのち〉が地上で失われてもなお、後世に生きるものが、朽ちることのない魂のあり方を守り、受け継いでいく責任があるのではないだろうかと思います。

「未来は予測するものではない。みずからが創(つく)るものなのだ」という名言を述べたのは、アメリカの科学者・ジャズ音楽家のアラン・ケイですが、自分と自分の未来は変えられます。

過去をくやむことなく、しがみつかず、いつも明るく前向きに、目には見えない未来にワクワクした気持ちで、まぶしく光り輝いて生きていきたいものです。

人生に起きたすべての出来事を肯定的にとらえ、前向きに反応し、自分の人生を日々新たに生きることを願いたいと思います。

そのために、本書が、皆さんのため、そして、あなたのために少しでもお役に立てれば幸いに思っています。


なお、本書を閉じるにあたり、私の現状についてお伝えしたいと思います。

私は、通算三七年間の大学教職生活での経験などを踏まえて、令和四年五月に、〝〈いのち〉の研究室〟を立ち上げ、その主宰者として活動しています。

大学在職中は、大学内での教育・研究活動とともに、大学外では地域コミュニティの再生や発展の支援、協働まちづくりのアドバイザー、ならびに、学校などの教育関連機関、地域社会を支える公民館やコミュニティセンター、民間企業などからの依頼に応じて、微力ながら、講演や講話の講師、研修会の講師などをつとめてまいりました。

本書は、各地での講演や講話、いろいろな研修会の場で筆者が語った内容をもとに、再考のうえ加筆・修正したものとお考えいただければと存じます。

現在、〈いのち〉の研究室では、勇気・希望・愛・夢・知恵などを織り込みながら、《人が人として生きることの大切さ》を軸に、真の幸福な人生を歩むためのヒント、実り豊かなこころのあり方、子育ての秘訣、人権の尊重、〈老い〉への向きあい方と〈死〉への準備などについての講演や講話の講師、研修会の講師、ワークショップ（体験型講座）の進行役、さらにまた、〈絆〉を深める地域まちづくりのアドバイスおよび地域創生・地域活性化のアイディアやサポートについても行っているしだいです。

最後に、本書の刊行にあたり、株式会社風詠社代表取締役社長・大杉剛氏、並びに、編集にご努力いただいた才能豊かな富山公景氏にこころからお礼申しあげます。

村上　則夫

〖〈いのち〉の研究室に関してのお問い合わせ先〗

〈いのち〉の研究室 主宰　　村上 則夫

～人生の季節の中で、こころ、コミュニケーション、
いのちの質の輝きと豊かさをみつめて～

【オフィス連絡先】

G-mail：murakami@sun.ac.jp　Outlook：m-norio_1956@outlook.jp

電話番号　090-9493-1634

村上　則夫（むらかみ のりお）

¶ 福岡県福岡市在住
¶2022年3月まで長崎県立大学教授・同大学大学院地域創生研究科研究指導教授をつとめ、在職中、数多く行った講演活動や研修会の講師、地域コミュニティの再生、まちづくりのアドバイザーなどの活動はテレビや新聞でも紹介されている。『社会情報入門－生きる力としての情報を考える－〔改訂版〕』（税務経理協会）のほか、研究著書、共著書、論文や調査報告書などを多数執筆。現在は、〈いのち〉の研究室主宰、長崎県立大学名誉教授。
¶ 社会活動として、現在は、一般財団法人・未来基金ながさき評議員、長崎県県民ボランティア活動支援センターモニタリング委員会委員長、平戸市総合計画審議会会長、平戸市総合戦略推進委員会会長、平戸市協働まちづくり推進委員会委員、実践経営学会理事などに就任している。
¶ 受賞歴：実践経営学会学会賞「学術研究奨励賞」受賞（1998年6月）

言葉の花束　明日を輝いて生きる

2023年1月15日　第1刷発行

著　者　村上則夫
発行人　大杉　剛
発行所　株式会社 風詠社
〒553-0001　大阪市福島区海老江 5-2-2
大拓ビル 5 - 7 階
Tel 06（6136）8657　https://fueisha.com/
発売元　株式会社 星雲社
（共同出版社・流通責任出版社）
〒112-0005　東京都文京区水道 1-3-30
Tel 03（3868）3275
印刷・製本　シナノ印刷株式会社

ISBN978-4-434-31411-7 C0095